W0287765

UHUDLER-VERSCHWÖRUNG

Ein Stinatz-Krimi

Thomas Stipsits

UHUDLER-VERSCHWÖRUNG

Ein Stinatz-Krimi

ueberreuter

Danke, dass Sie sich für unser Buch entschieden haben. Wir freuen uns, wenn wir Sie auch weiterhin über unsere Neuerscheinungen informieren dürfen, und laden Sie ein, unseren Newsletter unter **www. ueberreuter-sachbuch.at** zu abonnieren.

2. Auflage 2020
© Carl Ueberreuter Verlag, Wien 2020
ISBN 978-3-8000-9003-7
Alle Rechte vorbehalten. Das Werk darf – auch teilweise – nur mit Genehmigung des Verlages wiedergegeben werden.
Lektorat: Marina Hofinger
Covergestaltung: Saskia Beck, s-stern.com
Umschlagfotos: © Barbara Wirl, wirlphoto.at
Satz: Hannes Strobl, Satz·Grafik·Design, Neunkirchen
Druck und Bindung: CPI Moravia Books, s. r. o, Pohořelice

Für Lieselotte

1.

Ein toter Mensch sieht aus wie ein Schlafender. Erstaunlich, wie schnell ein Leben ausgelöscht werden kann.

Ich denke an meine Kindheit. Mit großer Freude habe ich Seifenblasen gefangen und zerstört. Ich habe ihre ohnehin kurze Lebenszeit freudig verkürzt. Ich habe bestimmt, ob sie fliegen oder zerplatzen. Es lag in meiner Macht. Kam mir eine aus, so mussten die folgenden Seifenblasen dafür büßen. Wenn meine Wut über die Ausreißer ins Unermessliche stieg, habe ich den kleinen Plastikbehälter einfach umgedreht und die Flüssigkeit auf die Wiese geschüttet. Sofort versickerte die Seifenlauge im trockenen Boden. Unwiederbringlich. Einige Minuten später war auch der nasse Fleck in der Erde verschwunden. Meine Tat war ausgelöscht.

Ich schaue auf den vor mir liegenden Körper. Der Anblick hat beinahe etwas Versöhnliches, etwas Reinigendes. Du wirst im Boden versickern und zu Staub werden.

Wie einfach wir Menschen doch gestrickt sind! Wir schließen unsere Augen, um nicht gesehen zu werden, und geben dem Meer die Schuld, wenn wir nicht schwimmen können.

Ich habe an alles gedacht. Gehe nie in eine Diskussion, wenn du keine Argumente hast. Begehe nie einen Mord, wenn du ihn nicht perfekt durchdacht hast. Ich hebe den leblosen Körper auf. Es kostet mich viel Kraft, aber man kann in Ausnahmesituationen auf Reserven zurückgreifen.

Als die irdische Hülle in sich zusammensackt, bleibt sie in einer scheußlichen Position liegen. Lange Zeit stehe ich nur da.

Mein Opfer hatte den Tod verdient, hatte Dinge getan, die zu sühnen waren. Verstehen Sie mich nicht falsch: Ich habe nicht das Licht eines anderen ausgeblasen, um mein eigenes leuchten zu lassen. In keiner Weise. Ich habe getan, was getan werden musste.

Menschen zu durchschauen, ist sehr leicht. Das Traurige ist, dass es zu nichts geführt hat. Es endete in einer Seifenblase, die geplatzt ist. Wie oft schon wurden Gehirne seziert und zerschnitten? Die erbärmliche Wahrheit ist: Es ist nur Zellmasse.

Rund um mich ist alles ruhig. Obwohl es draußen regnet, herrscht hier drinnen andächtige Stille. Ich muss wieder zurück. Der tote Körper hat einiges vor sich. Zunächst wird er gefunden werden, danach gibt es große Bestürzung und Trauer. Und danach wird sich alles auflösen. Als wäre es nie geschehen. Totgeschwiegenes bleibt verborgen. Was für ein zufriedenstellender Zustand für mein Gewissen! Sie werden nicht lange suchen. Wozu auch? Sie werden vor der Leiche stehen. Ohnmächtig. Sie werden von Schicksalsschlag und Unfall faseln. Ihr künstliches Mitleid wird auf ihren Lügenfratzen erscheinen. Es wird nach Provinz stinken.

Diese jämmerlichen Figuren, deren Horizont nur bis zum Ende ihres Gartens reicht! Sie nisten in ihrer Gemütlichkeit, rotten sich bei jeder nur erdenklichen Gelegenheit zusammen, um die vermeintlichen Probleme dieser Welt zu besprechen. Sie geben sich christlich. Wie Birken – kaum kommt ein Sturm, werden sie entwurzelt. Ich hingegen bin wie Schilf. Kommt der Sturm, gebe ich nach. Kaum richte ich mich wieder auf, folgt die Vergeltung. Vendetta braucht nur zwei Dinge: Mut und Geduld.

Zugegeben, ich habe ein kurzes Vaterunser gebetet. Dann habe ich die Sau geschlachtet.

Ein toter Mensch sieht aus wie ein Schlafender. Vorausgesetzt, es gibt keine sichtbaren Verletzungen. Bevor ich den Keller verlasse, schalte ich den Gärgas-Ventilator aus.

Es wird wie ein Unfall aussehen.

2.

Christian Zimmermann stand in der Raika Stinatz und diskutierte mit einer alten Dame. Er leitete seit einigen Jahren die Zweigstelle und war im Ort sehr beliebt. Man muss die Menschen mögen, wenn man ihr Geld will. Das hatte er sehr schnell gelernt. In Stinatz gab es unzählige Menschen, die, obwohl sie das beste Werkzeug in ihren Kellern horteten, dennoch am Weltspartag auf ihrem Schraubenzieher-Set bestanden. Ein Weltspartag in Stinatz war ein gesellschaftliches Ereignis wie eine Hochzeit oder die Einweihung eines neuen Daches für die kleine Kapelle am Dorfrand. Das wusste Christian.

Heute hatte er es mit einem ziemlich schwierigen Fall zu tun. Die alte Frau Resetarits wollte partout nicht einsehen, dass es für ihr Gespartes keine besseren Zinsen gab.

„Schauen S', Frau Resetarits, wir hatten ja eine Wirtschaftskrise …", wollte Zimmermann ansetzen, doch er kam nicht weit.

„Was interessiert mich eine Krise?", schimpfte Frau Resetarits. „Ich habe schon Krisen gemeistert, da hat es eure Bank noch gar nicht gegeben. Jetzt seid's ihr an der Reihe. Wir haben das Land aufgebaut. Ohne *Pusch Tan-Kot* oder wie das heißt. Das kann doch nicht sein, dass mein Geld am Konto dahinschimmelt wie ein schlecht belüftetes Geselchtes!"

Zimmermann lächelte in sich hinein, selbstverständlich brauchte Frau Resetarits für ihre Bankgeschäfte keinen TAN-Code, da sie kein E-Banking verwendete. Genervt versuchte er, freundlich zu bleiben.

„Frau Resetarits, ich verstehe Ihren Zorn, aber die Zeiten haben sich nun mal geändert. Wenn Sie wirklich Profit machen wollen, wäre es sehr ratsam, wenn Sie Ihr Geld investieren."

Das Wort „investieren" löste bei Frau Resetarits eine weitere Entladung aus. Sie steckte den *Sumsi*-Kugelschreiber energisch zurück, sodass die Spiralkette noch einige Sekunden brauchte, um sich auszupendeln.

„Also entschuldige, bitte?" Frau Resetarits war mit Zimmermann konsequent per Du. „Was soll ich in meinem Alter noch investieren? Das zahlt sich ja gar nicht mehr aus. Das Geld für mein Begräbnis habe ich schon längst zur Seite gelegt."

Zimmermann nutzte eine kurze Atempause der alten Dame, um ein überzeugendes Argument aufs Tapet zu bringen.

„Aber für Ihre Kinder, Frau Resetarits."

„Für die!?" Frau Resetarits sah Zimmermann mit großen Augen an. „Ich habe mein ganzes Leben gearbeitet und soll mein Erspartes so mir nix dir nix einfach hergeben? Mir hat auch keiner was geschenkt. Die sollen selber schauen, dass sie zu Geld kommen. Vor allem die Enkerl. Die sind nur freundlich, wenn ich im Krankenhaus bin."

Zimmermann blickte auf die Uhr. Seit zehn Minuten hätte er eigentlich einen anderen Termin. Da von diesem Kunden noch nichts zu sehen war, kämpfte er weiter.

„Haben Sie schon einmal über Wertpapiere nachgedacht? Die bleiben fünf Jahre gesperrt und werden danach mit einem erfreulichen Zinssatz ausbezahlt. Ohne großes Risiko."

Frau Resetarits schüttelte den Kopf.

„Sag einmal, Christian, bist du heute a bissl dasig oder was? Was mache ich mit Wertpapieren? Weißt du, warum die Wertpapiere heißen? Weil's irgendwann nix mehr wert sind. Ich bin aber nicht so blöd, wie ich ausschau. Auf den Trick fall ich nicht rein."

Frau Resetarits entdeckte eine Schüssel mit Raika-Zuckerln.

„Darf ich mir da ein Zuckerl nehmen?", fragte sie, ohne dabei ihren Blick von Zimmermann abzuwenden.

Er bejahte freundlich. Sie nahm sich drei. Danach drehte sie sich um und deutete auf einen Hermann-Maier-Papp-Aufsteller, der die Kunden in der Filiale mit erhobenem Daumen begrüßte.

„Was ist mit dem? Kriegt der auch keine Zinsen auf seinem Sparbuch?"

Zimmermann wollte gerade antworten, doch Frau Resetarits hatte emotionalen Sprechdurchfall.

„Wenn der da reinkommt, kriegt der sicher acht Prozent. Wie bei einem Bockbier. Aber wir kleinen Sparer müssen uns mit einem Null Komma Josef zufriedengeben."

Zimmermann gab auf. Seiner Meinung nach hatte er alles versucht, um die alte Frau zu überzeugen. Er lenkte das Gespräch Richtung Verabschiedung.

„Frau Resetarits, momentan sind mir wirklich die Hände gebunden", sagte er. Dann griff er zu einer Mappe, die neben ihm am Tresen lag.

„Ich gebe Ihnen diese Unterlagen mit, Sie lesen sich das in aller Ruhe durch und am Montag kommen Sie wieder zu mir und wir finden eine Lösung, mit der Sie leben können."

Er überreichte der alten Dame die Mappe.

Widerwillig nahm sie den Schnellhefter an sich. Nachdem sie kurz darin geblättert hatte, riss sie beide Hände nach oben, als würde sie den Herrgott um Hilfe bitten.

„Was soll das sein? Da brauche ich wieder einen Professor, der mir das übersetzt. Bis ich das verstanden habe, bin ich längst unter der Erd'."

Zimmermann blickte erneut auf die Uhr. Fast 20 Minuten Verspätung. Das war mehr als ungewöhnlich bei seinem nächsten Kunden. Er setzte zum Rauswurf an.

„Frau Resetarits, Sie können sicher sein, dass Ihr Geld bei uns in den besten Händen ist. Jetzt müssen Sie mich aber leider entschuldigen. Es gibt noch andere Kunden, die etwas von mir brauchen."

Frau Resetarits verstand diese Aussage als Provokation.

„Denen werde ich sagen, dass sie nix kriegen werden. In einem Jahr könnt's eure Bank zusperren."

„Wie Sie meinen, Frau Resetarits. Schönen Tag wünsche ich!", sagte Zimmermann freundlich.

Bevor die alte Dame die Filiale verließ, griff sie noch einmal in die Zuckerldose.

„Für die Enkerl", fauchte sie Zimmermann nach und war verschwunden.

Der Filialleiter der Raika Stinatz sah wieder auf die Uhr, griff zu seinem Handy und wählte eine Nummer. Augenblicklich meldete sich die Mobilbox seines Kunden. Obwohl er es als sinnlos erachtete, wählte er die Nummer erneut. Nichts. Dann wählte er eine andere Nummer.

„Nein. Er ist nicht zu Hause", sagte Bettina Stipsits ins Telefon.

„Er hätte um 9.30 Uhr einen Termin bei mir gehabt", hörte sie Zimmermann sagen.

„Ja, ich weiß."

Bettina Stipsits war gerade dabei, sich noch einen Kaffee zu machen.

„Er ist am Abend in den Keller gefahren und hat gesagt, dass er gleich dort übernachtet."

„Sein Handy ist leider ausgeschaltet", klärte sie Zimmermann auf.

Bettina Stipsits reagierte gelassen. Es kam öfter vor, dass ihr Vater in den Keller fuhr, dort etwas trank oder, besser gesagt: zu viel trank, um dann im kleinen Zimmer oberhalb des Kellers zu übernachten.

„Wahrscheinlich hat er verschlafen", beruhigte Stipsits Zimmermann.

„Wahrscheinlich", sagte Zimmermann.

Doch er war skeptisch. Noch nie hatte Alois Stipsits einen Banktermin versäumt. Zumindest solange Zimmermann Leiter der Zweigstelle war.

„Ich fahr hin und weck ihn auf. Er soll sich dann bei dir melden, ok?"

„Ja, gut. Er kann gern jederzeit kommen. Bin den ganzen Tag in der Filiale."

Mit diesen Worten beendeten die beiden das Gespräch.

Als Bettina Stipsits vor dem strohgedeckten Weinkeller ankam, sah alles aus wie immer. Der große Audi parkte an der gewohnten Stelle. Die aufkommende Mittagssonne tauchte das Kellerstöckl in ein friedliches Licht. Der Herbst begann langsam mit seinen Farben zu locken. Die Wiese war noch leicht feucht, Tau glitzerte auf den Halmen.

„Papa!", rief Bettina. „Papa!"

Sie stieg über die Außentreppe nach oben, wo sich das kleine Zimmer befand. Es war verschlossen. Als nach mehrmaligem Klopfen niemand reagierte, ging Bettina wieder hinunter. Sie öffnete die alte Holztür zum Gewölbe und machte ein paar Schritte in den Keller hinunter. Endlich sah sie ihren Vater.

„Papa!", „Papa?"

Papa gab keine Antwort.

3.

Gruppeninspektor Sifkovits vom LKA Eisenstadt steuerte seinen grünen Peugeot 206 von Burgauberg in Richtung Stinatz. Die beiden Ortschaften lagen nicht weit voneinander entfernt und Sifkovits entschloss sich, den Weg über Hackerberg zu nehmen. Dieser Weg war zwar etwas länger, aber viel schöner, da er an einigen kleinen Weinkellern von Burgauberg vorbeiführte. Man hatte einen herrlichen Blick über die üppige Hügellandschaft, die im goldenen Herbstlicht noch stimmungsvoller wirkte. Die kleine Straße führte an einem Pferdegestüt vorbei, dahinter konnte man die Golfanlage Stegersbach erkennen. Von einer Linkskurve, wo ein alter Hof mit unzähligen landwirtschaftlichen Geräten stand, sah man die Therme Stegersbach in voller Pracht. Das Südburgenland zeigte sich an diesem Tag von seiner schönsten Seite.

Sifkovits war auf Kurzbesuch in Stinatz. Zurzeit gab es im Landeskriminalamt Eisenstadt wenig zu tun und seine Frau, eine Medizinerin, war wieder einmal mit „Ärzte ohne Grenzen" in Kenia. Er hatte gerade beim Weingut Priela einige Flaschen Uhudler besorgt. Vor allem für seine Mutter, die neben ihm am Beifahrersitz saß. Er selbst hatte eine Flasche Uhudler-Likör mitgenommen. Es kam sehr selten vor, dass Sifkovits Alkohol trank und wenn, dann wollte er ihn genießen. Uhudler-Likör schien ihm dafür das richtige Getränk zu sein.

Das Weingut Priela war eines der beiden Weingüter, die in Burgauberg Uhudler in großen Mengen produzierten, das Weingut Stipsits das andere. In den alten Zeiten hatten die beiden Weinbauern zusammengearbeitet. Doch als der junge Priela nach dem Tod seines Vaters das Weingut übernahm, wurde aus der einstigen Partnerschaft Rivalität. Sifkovits' Mutter Baba zog es vor, bei Priela zu kaufen. Ihr war der Uhudler vom Weingut Stipsits zu sauer.

Natürlich kann man über die Qualität von Uhudler streiten. Die einen lieben ihn, die anderen hassen ihn. Im Südburgenland hat der Uhudler einen festen Platz in der Gesellschaft. „Was brauchen wir Marihuana, wir haben Uhudler!", wurde oftmals gescherzt. Es entspricht sicher nicht der Wahrheit, dass man nach einer Flasche Uhudler glücklich wird, nach der zweiten blind und nach der dritten wieder glücklich. Dennoch haben es Uhudler selten in die Top 10 der besten Weine der Welt geschafft.

Der junge Markus Priela arbeitete schon lange daran, das Image des Uhudlers aufzuwerten. Er bot nicht nur Wein und Likör aus der Isabella-Traube, sondern auch Frizzante, Sirup, Marmelade, Seife, Schokolade, Essig, Met und sogar eine eigene Pflegecreme an. „Wenn du dir die Creme ins Gesicht schmierst, verschwinden nach einer Stunde deine Falten. Weil du dann so einen Rausch hast, dass du sie nicht mehr siehst." Also quasi das Hasch-Cookie der Weinindustrie – mit einem Augenzwinkern gesprochen.

Markus Priela hatte in den letzten Jahren seinen Konkurrenten Alois Stipsits in Sachen Marketing und Verkauf weit hinter sich gelassen. Alois Stipsits agierte und produzierte immer noch wie früher, die Zeit hatte ihn überholt. Mit seinen 68 Jahren wollte Stipsits auch nicht mehr jedem Trend folgen. „Einen Wein trinkt man, Punkt", war seine Ansicht. Alois Stipsits hatte früher mit dem Vater von Markus zusammengearbeitet. Sie hatten sich den einzigen Weinkeller in Burgauberg geteilt, der mit einem Strohdach gedeckt war. Noch dazu handelte es sich bei dem Keller um einen der ältesten strohgedeckten im ganzen Südburgenland. Natürlich war das in so einem kleinen Ort wie Burgauberg eine Attraktion.

Nach dem Tod von Prielas Vater fiel der Keller an Alois Stipsits. Eine Tatsache, die den jungen Priela bis heute schmerzte.

Stipsits produzierte in den alten Fässern einen Uhudler wie damals. Es war unmöglich, denselben Uhudler in einem modernen Gärverfahren herzustellen. Es fehlte eben das gewisse Etwas. Ähnlich wie bei alten Reindln, in denen sich über Jahre das Aroma eingebrannt hat. Wenn man einem Braten einen All-inclusive-Urlaub schenken möchte, dann legt man ihn in so ein Reindl und schiebt es in den Ofen. So bekommt man den köstlichsten Braten. All die neuen Bräter werden nie diese geschmackliche Höhe erreichen. So verhält es sich auch mit einigen anderen „klassischen" Gegenständen. Eine alte Bauernkommode aus dem 18. Jahrhundert wird ein Blickfang bleiben. Auch 2070. Ob ein Möbelstück vom schwedischen Möbelhaus jemals diesen Status erreichen wird, sei dahingestellt.

Als Sifkovits eine kleine Anhöhe hinauffuhr, sah seine Mutter auf der rechten Seite ein Polizeiauto. Oben angekommen öffnete sich ein wunderbarer Rundblick auf die Landschaft und das alte Kellerstöckl. Neben Polizei waren auch Rettung und Feuerwehr zu sehen. Sie parkten direkt vor einem Weinkeller mit strohgedecktem Dach.

„Schau, Spatzl! Was ist da beim Stipsits los?", rief Baba neugierig.

Sifkovits wurde ebenfalls auf die Einsatzfahrzeuge aufmerksam.

„Komm, fahr hin. Ich möcht schauen, was da los ist."

Sifkovits verstand das als Befehl seiner Mutter. Er kam der Aufforderung nach, weil auch in ihm eine gewisse Neugier aufstieg. Er lenkte seinen kleinen Peugeot nach rechts in die Zufahrtsstraße, die zum Weinkeller führte. Prompt wurde der Wagen von einem Uniformierten aufgehalten. Mit unüberhörbaren Schleifgeräuschen kam der Wagen zum Stehen.

„Hier ist gesperrt, fahren Sie bitte wieder zurück", sagte der Beamte freundlich, aber bestimmt.

„Was ist denn hier passiert?", fragte Baba.

„Ich wüsste nicht, was Sie das angeht!"

Der Beamte machte offensichtlich keinen Hehl daraus, dass die beiden Insassen hier unerwünscht waren.

„Jetzt sag was!", befahl Baba ihrem Sohn.

„Ja, sofort." Sifkovits wandte sich dem Beamten zu. „Sie haben recht. Uns geht das nichts an, aber vielleicht die Polizei."

„Mein Sohn ist nämlich ein Kollege von Ihnen. Aber er ist nimmer uniformiert", sagte Baba mit einer gewissen Schadenfreude.

Der Beamte musterte den Mann hinter dem Steuer. Sifkovits trug, wie immer, seine ockerfarbige Chinohose, seine ockerfarbige Ballonmütze, sein weißes Hemd und seine graue Strickweste. Er sah etwas zerzaust aus und wirkte nicht gerade seriös.

„Darf ich Ihren Ausweis sehen?", fragte der Beamte.

„Gern." Sifkovits kramte in seinen Taschen. Er schenkte dem Beamten ein Lächeln, mit dem er noch um etwas Geduld bat.

„Wird das heute noch was?" Langsam riss dem Polizisten die Geduld.

„Gleich. Irgendwo muss er sein."

„Vielleicht hast ihn zu Hause vergessen?", sagte seine Mutter, dann wandte sie sich dem Polizisten zu. „Wenn er mich nicht hätte, dann würde er sogar seinen Kopf vergessen. Vor zwei Jahren wollten's nach Griechenland fliegen. Wenn ich nicht seinen Kasten aufgeräumt hätte, würde er jetzt noch am Flughafen sitzen. Ohne Pass. Seine Frau hat ja keine Zeit für ihn."

Sifkovits unterbrach seine Mutter.

„Mama, ich glaube nicht, dass das den Herrn interessiert."

Der Gesichtsausdruck des Beamten bestätigte Sifkovits' Annahme.

„Bitte drehen Sie jetzt um oder ich muss Sie aufschreiben."

Sifkovits merkte, dass er nur mehr wenig Zeit hatte. Er öffnete das Handschuhfach, das mit lautem Krachen aus der Verankerung brach. Unzählige Beutel Käsepappeltee fielen vor die Füße seiner Mutter.

„Da ist er!", rief seine Mutter und hielt den Ausweis triumphierend in ihrer Hand.

Der Beamte warf einen Blick auf die verschmutzte Hülle.

„Die Hülle könnten Sie einmal austauschen, Herr Gruppeninspektor."

„Ich weiß. Mache ich gleich am Montag", versicherte Sifkovits.

„Und Ihre Bremsbeläge dürften auch schon sehr abgefahren sein."

Dem Beamten fielen außerdem noch die Hagelschäden auf der Motorhaube des Peugeot auf.

„Haben S' vergessen gestern das Auto reinzustellen? Gestern war ein starker Hagel. Ihre Motorhaube ist total zernepft."

„Ja, ich hab's vergessen, aber ist das nicht eh schon wurscht?", fragte der Gruppeninspektor.

Zum ersten Mal kam dem Beamten ein Lächeln aus. Sofort nutzte Sifkovits diese Chance.

„Darf ich mich kurz umsehen?"

„Ja, gern. Kommen S' weiter."

Der Beamte begleitete Sifkovits zum Weinkeller. Seine Mutter blieb unter heftigen Protesten im Wagen zurück.

Alois Stipsits lag vor seinem Keller auf einer Trage und wurde gerade mit einem weißen Tuch zugedeckt. Sifkovits fiel unter den vielen Einsatzkräften ein bekanntes Gesicht auf: Die Gemeindeärztin Maria Wiedermann, eine schlanke Frau Ende vierzig unterhielt sich mit einem Feuerwehrmann.

„Hallo, Maria", grüßte der Inspektor seine Bekannte freudig.

„Servus, Schiffi. Was machst denn du da?", wollte die Ärztin wissen.

„Ich war gerade mit meiner Mutter in der Gegend. Was ist denn passiert?", fragte er.

„Ein Unfall. Der alte Stipsits hat vergessen, den Gärgas-Ventilator einzustecken. Die Gärgase in dem kleinen Keller führten dann zu einer Bewusstlosigkeit und in weiterer Folge zum Atemstillstand."

Wiedermann zog ihre Schulter nach oben, um anzudeuten, dass wir alle Fehler machen.

„Das ist ja furchtbar. Und du bist dir sicher?", bohrte Sifkovits nach.

„Ja. Er hat eine Wunde am Kopf, die auf einen Sturz infolge der Bewusstlosigkeit hindeutet. Es ist bedauerlicherweise nicht das erste Mal, dass solche Unfälle in der Gegend passieren. Erinnere dich an den Udo. Das ist eben das Problem bei diesen alten Weinkellern. So romantisch sie auch sind, du stehst immer mit einem Fuß im Grab. Ein kleiner Fehler – und aus. Der Stipsits hatte ohnehin Probleme mit seinem Herz. Zwei Bypässe und ein kleiner Hinterwandinfarkt vor drei Jahren. Mit einer dementsprechenden Vorbelastung sollte man sich keiner CO_2-Emission aussetzen. Ein unsichtbarer Tod. Leider."

Sifkovits mochte Marias Sachlichkeit, die immer mit einem Schuss Mitgefühl gewürzt war.

„Was schreibst du in den Totenschein?", wollte Sifkovits wissen.

„Herz-Kreislauf-Versagen. Ganz klassisch."

Sifkovits nickte. Er bewunderte die kleinen Landärzte. Leider gab es nur mehr wenige und diese mussten sehr große Gebiete betreuen. Da blieb kaum Zeit für ausführliche Untersuchungen und genaue Diagnosen. So kam es auch immer wieder vor, dass Todesfälle schnell abgehandelt wurden.

„Multiorganversagen" schrieb Maria bei älteren Menschen zum Beispiel ausgesprochen oft in den Totenschein. Alter Mensch legt sich hin und steht in der Früh nicht mehr auf.

Im Hintergrund sah Sifkovits zwei weinende Frauen. Sie waren unterschiedlichen Alters und versuchten, einem Uniformierten Auskünfte zu geben.

„Das sind die Ehefrau und die Tochter des Verunfallten", klärte Maria den Inspektor auf. „Die Tochter hat ihren Vater heute am späteren Vormittag gefunden."

Sifkovits nickte verständnisvoll.

„Darf ich mir den Toten einmal anschauen?", fragte er seine Bekannte.

Maria bejahte und zog das weiße Laken weg.

Alois Stipsits war ein kleiner, dicklicher Mann mit einem liebenswerten Gesicht. Mit etwas Fantasie erinnerte der Tote an den Bären Winnie Puuh. Er trug eine blaue Jeans mit braunem Ledergürtel, ein kariertes Hemd, eine blaue Regenjacke und grüne Gummistiefel. An den Sohlen der Stiefel klebte Erde. Sifkovits registrierte die Kopfverletzung, die durch den Sturz verursacht worden war. Alois Stipsits sah aus, als würde er schlafen.

„Danke, Maria", sagte der Inspektor zur Gemeindeärztin.

Stipsits wurde wieder zugedeckt. Gleich würde die Bestattung kommen, um die Leiche mitzunehmen. Frau Dr. Wiedermann wandte sich an Sifkovits.

„Und, Schiffi, bleibst du länger im Südburgenland?"

„Nein. Ich muss morgen wieder nach Eisenstadt. Ich bin gekommen, weil ich meiner Mutter geholfen habe, Holz für den Winter zu hacken. Sie hat zwar eh genug, aber dann ist sie beruhigt und ruft mich nicht jeden Tag an", antwortete der Inspektor.

„Schade", sagte Wiedermann. „Bei unserem Fall gibt es leider für dich nichts zu tun."

In diesem Augenblick rückte die Feuerwehr ab. Nach einem kurzen Disput mit Baba Sifkovits, die nicht im Traum daran dachte, ihren Sohn zu rufen, damit er mit dem Peugeot Platz machte, entschlossen die Männer sich, den Feuerwehrwagen links durch die Wiese zu steuern. Ein Flurschaden war die Folge. Sifkovits rannte dem Einsatzwagen hinterher.

„Entschuldigen Sie. Könnten Sie kurz stehen bleiben?“, rief der Inspektor.

Der Einsatzwagen bremste abrupt ab.

„Was ist los?“, blaffte der Einsatzleiter der Feuerwehr.

„Gruppeninspektor Sifkovits vom LKA Eisenstadt.“ Sifkovits wies sich aus. „Haben Sie den Toten geborgen?“, wollte er wissen.

„Ja. Wir sind mit Atemschutz rein. Er lag leicht verdreht auf dem Boden. Im Keller haben wir eine hohe CO_2-Belastung gemessen. Ein schrecklicher Unfall“, gab der Einsatzleiter als Antwort.

„Könnte es ein Selbstmord gewesen sein?“, fragte Sifkovits nach.

„Das glaube ich nicht. In der Regel legen sich Selbstmörder auf den Boden und warten, bis sie bewusstlos werden. Der Tote hat eindeutig im Keller gestanden und sackte dann erst zu Boden.“

Sifkovits kratzte sich unter seiner Kappe. „Danke.“

Er verabschiedete sich vom Einsatzleiter, der beim Wegfahren einen weiteren Flurschaden verursachte, und ging zurück zum Keller. Auf der Höhe seines Peugeot hörte er ein „Was ist passiert?“ von seiner Mutter. Als er mit „Unfall“ antwortete, drang ein „Gut, dann fahr ma!“ aus dem Auto. Sifkovits gab seiner Mutter zu verstehen, dass er noch kurz mit den Hinterbliebenen reden wolle.

„Aber beeil dich! Sonst essen wir erst am Nachmittag.“

„Ja, Mama. Gleich fahren wir“, versicherte er seiner Mutter.

Bettina und Christa Stipsits standen nach wie vor bei dem Uniformierten. Das Gespräch schien dem Ende zuzugehen. Sie sahen den zerzaust aussehenden Mann auf sich zukommen.

„Grüß Gott. Sifkovits vom LKA Eisenstadt. Mein aufrichtiges Beileid.“ Er schüttelte den beiden Frauen die Hände. „Ich weiß, das ist sehr schwer für Sie. Dürfte ich Ihnen trotzdem eine kurze Frage stellen?“

Der Uniformierte mischte sich ein.

„Ich habe schon alles aufgenommen, Herr Inspektor.“

„Passt schon“, sagte Christa Stipsits. Sie war eine attraktive Dame Mitte sechzig. Die Schminke im Gesicht war verschmiert und Sifkovits sah, dass ihre Hände leicht zitterten. „Was wollen Sie denn wissen?“

„Nicht viel“, versuchte Sifkovits gleich Druck aus der Befragung zu nehmen. „Nur ganz kurz, wie Sie ihn gefunden haben und was er am Vortag gemacht hat.“

Der Beamte wollte dem Inspektor zu verstehen geben, dass er auch diese Informationen bereits habe. Sifkovits legte die Hand auf die Schulter des Kollegen.

„Danke. Sie können jetzt gehen.“

Der Polizist blickte etwas verdutzt drein, dann entfernte er sich von der Gruppe. Im Hintergrund musste ein Wagen der Bestattung einem kleinen Peugeot ausweichen. Dadurch war die Wiese nun auf beiden Seiten der Zufahrt kaputt.

Sifkovits kramte seinen Block heraus. Frau Stipsits begann zu erzählen.

„Tagsüber war alles normal. Mein Mann war am Vormittag in Stegersbach. Dann hatten wir Mittagessen. Am Nachmittag war er bei der Familie Popescu. Wahrscheinlich haben sie etwas wegen dem Uhudler besprochen. Der Adrian arbeitet seit einem halben Jahr bei meinem Mann. Hat ihm bei der Ernte geholfen und wurde mit der Zeit Mädchen für alles. Wir haben am Abend gemeinsam gegessen und nach der ZIB hat er gesagt, dass er noch in den Keller fährt. Das hat er öfter gemacht. Er war ja stolz auf seinen Uhudler. Kurz vor neun hat er mich angerufen und mir mitgeteilt, dass er dort bleibt und oben im Zimmer übernachtet."

„War das ungewöhnlich?", fragte Sifkovits.

„Nein, gar nicht. Der Papa hat gern oben im Zimmer geschlafen. Meistens las er in alten Büchern über Wein", sagte die Tochter des Toten. „Am nächsten Tag bekam ich einen Anruf von der Raika in Stinatz, dass mein Papa nicht zu einem Termin erschienen sei. Am Handy war er nicht erreichbar, also bin ich hergefahren und hab ihn gefunden."

Bettinas Augen füllten sich erneut mit Tränen.

„Ich weiß nicht, wie oft ich gesagt habe: ‚Papa pass auf. Sei vorsichtig mit dem Ventilator.' Es ist ihm schon ein paar Mal passiert, dass er vergessen hat, den Ventilator einzustecken. Gott sei Dank war da immer jemand in seiner Nähe. Es passiert leider zu oft. Es gab einen Bauern bei uns, Udo Leitner, dem ist dasselbe passiert."

Sifkovits hakte ein.

„Daran kann ich mich dunkel erinnern. Das war sehr tragisch, oder?", fragte er.

„Und wie. Der Udo ist zusammengebrochen, und als seine Frau Manuela nachschauen wollte, ist sie auch vom CO_2 bewusstlos geworden und beide sind gestorben. Eine ganze Familie wurde ausgelöscht nur wegen dieser Unachtsamkeit."

Bettina war sichtlich mitgenommen. Sifkovits merkte, dass es an der Zeit war, das Gespräch zu beenden.

„Ich gebe Ihnen noch meine Karte. Falls Sie reden möchten."

Frau Stipsits nahm die Karte an sich und las: „Markus Priela. Alles rund um den Uhudler" – sie schaute Sifkovits verwirrt an.

„Oh, Verzeihung, da ist mir ein Fehler passiert", entschuldigte sich der Inspektor.

„Ja, ja. Gehen S' nur zum Priela. Bei denen geht's nur ums Marketing, bei uns geht es um Qualität. Entscheidend ist nicht die Werbung, sondern die Ware. Aber die zählt heutzutage nichts mehr."

Frau Stipsits war sichtlich enttäuscht vom Inspektor.

„Es war wirklich ein Zufall, dass ich dort war. Das nächste Mal kaufe ich bei Ihnen den Wein, versprochen", versuchte er die Situation zu beruhigen.

„Wissen S' was, Herr Inspektor? Das nächste Mal, wenn wir uns sehen, dann schenk ich Ihnen den Wein. Brauchen S' nicht beim Priela kaufen!"

Der Inspektor bedankte sich überschwänglich und verabschiedete sich.

„Ihr Vater hat gern bei meinem Mann gekauft", rief Frau Stipsits ihm nach.

Der Inspektor lächelte.

Als Sifkovits bei dem großen Audi des Verstorbenen ankam, hielt er inne. Zärtlich strich er über die Motorhaube. Danach legte er seine Hände auf das Dach und fuhr mit ihnen bis ans Heck des Wagens. Alles glatt.

„Schönes Auto", sagte der Uniformierte von vorhin. „Aber leider nicht in unserer Preisklasse."

Sifkovits nickte.

„Sagen S' einmal, wann hat es gestern gehagelt?", fragte er den Polizisten.

„Ah … das war, glaube ich, kurz vor neun."

„Und wie lange hat der Hagel gedauert?"

Der Polizist überlegte kurz.

„Zehn, zwölf Minuten ungefähr", gab er zur Antwort.

„Danke."

Sifkovits stapfte links am Keller vorbei in Richtung der darüber liegenden Wohnung. Noch außen, vor dem Eingangsbereich, ging er auf die Knie und bewegte sich auf allen vieren. Es sah lächerlich aus.

„Alles in Ordnung, Herr Inspektor?", fragte der Beamte.

„Ja. Alles gut, ich habe nur meinen Bleistift verloren", log Sifkovits.

Seine Körperhaltung erinnerte an eine Yoga-Position. Die Suche war erfolgreich. Da waren Fußspuren, und zwar solche, die nicht von Gummistiefeln sein konnten.

„Was ist jetzt? Ich muss kochen!", rief seine Mutter.

„Komme gleich!"

Sifkovits bedankte sich bei dem Beamten und ging Richtung Auto. Kurz davor drehte er sich noch einmal um und lief zu den zwei Frauen.

„Eine Frage noch, Frau Stipsits", sagte er entschuldigend.

„Bitte!"

„Wann hat Sie Ihr Mann angerufen?", fragte Sifkovits.

„Kurz vor neun. Warten Sie, ich kann im Handy nachschauen." Sie zog ihr Smartphone aus der Tasche.

„Um 20.53 Uhr. Wir haben eine Minute telefoniert", sagte sie.

Sifkovits kratzte sich erneut unter der Kappe.

„Hat Ihr Mann gesagt, wo er ist?"

„Ja, im Keller. Warum?", wollte Frau Stipsits wissen.

„Nur so. Wiederschauen." Sifkovits ging gedankenversunken zurück zu seinem Auto.

„Bist jetzt endlich fertig?", wetterte Baba.

Sifkovits gab keine Antwort. Er setzte sich hinter das Steuer und blickte auf den großen Audi.

„Ich weiß, dass dir so ein Auto gefällt. Aber vergiss es, du kannst es dir nicht leisten. Wenn deine Frau eine normale Praxis hätte, dann vielleicht, aber dort unten verdient sie ja nichts …“

Sifkovits unterbrach seine Mutter.

„Das Auto hat keine Hagelschäden“, sagte er in Gedanken.

„Was?“

„Es müsste aber welche haben“, sprach er weiter.

„Ich kenn mich überhaupt nicht mehr aus. Wovon redest du?“, wollte Baba wissen.

„Nix. Fahren wir, Mama.“

In Stinatz angekommen wählte Sifkovits die Nummer der Staatsanwaltschaft. Ein Fehler, wie sich bald herausstellen sollte.

4.

„Sagen S' einmal, Sifkovits, sind Sie von allen guten Geistern verlassen?" Oberst Taschner, Sifkovits' Vorgesetzter, war sichtlich aufgebracht. Er saß hinter seinem imposanten Schreibtisch im LKA Eisenstadt und ließ seinem Ärger über den Gruppeninspektor freien Lauf.

„Es war ein Unfall. Sie als lang gedienter Gruppeninspektor müssen doch wissen, dass es bei einem Gärgas-Unfall, wo rein gar nichts auf Fremdeinwirkung hinweist, keine Ermittlungen der Staatsanwaltschaft gibt. Und schon gar keine Obduktion der Leiche. Wir haben ohnehin schon fast keine Gerichtsmediziner mehr, weil es keinen Nachwuchs gibt. Wissen Sie, was eine Obduktion kostet?"

Natürlich war das eine rhetorische Frage. Taschner setzte entrüstet fort.

„Noch dazu für irgendeinen Bauern, der besoffen in einem Weinkeller zusammenbricht. Und dass Sie dann noch die Frechheit besitzen, hinter meinem Rücken die Staatsanwältin anzurufen, die eh gerade so eine schwere Phase durchmacht wegen ihrer 16:8-Diät, und irgendwas herumzufaseln von Hagelschäden, das schlägt dem Fass den Boden aus."

Sifkovits fand diese Formulierung in Anbetracht der Todesumstände beinahe komisch.

„Darf ich etwas sagen, Herr Oberst?"

„Nein! Jetzt rede ich." Taschner fuhr sich theatralisch durch seine gegelten Haare. „Wenn ich Sie nicht kennen würde, Herr Gruppeninspektor, dann würde diese Sache ein Disziplinarverfahren nach sich ziehen, dass Ihnen die Luft wegbleibt."

Taschner lag auch mit dieser Formulierung unbewusst total daneben.

„Haben Sie mich verstanden, Herr Sifkovits?"

Sifkovits bejahte artig. Der Inspektor hatte eine gänzlich andere Dienstauffassung als sein Vorgesetzter. Sifkovits war bei Verhören immer freundlich, strahlte nie Härte aus und hatte seine Dienstwaffe grundsätzlich nicht bei sich. „Schießen tun sie nur im Fernsehen", pflegte er zu sagen. Die Waffe hatte er in seiner über 20-jährigen Karriere als Kriminalbeamter noch nie benutzt, außer beim Schusstraining, das er seit Langem regelmäßig schwänzte.

„Es tut mir leid, Herr Oberst. Ich habe mir eben gedacht, dass der Tote vielleicht noch woanders war und seine Frau bezüglich der Örtlichkeit angelogen hat."

Taschner sprang von seinem Stuhl. Sifkovits bemerkte an Taschners Hose eine unvorteilhafte Öffnung.

„Dann war er halt noch woanders. Was spielt das für eine Rolle? Haben Sie Ihre Frau noch nie angelogen?"

Sifkovits überlegte kurz.

„Na ja, nicht direkt angelogen, ich habe manchmal die Wahrheit der Situation angepasst", sagte der Inspektor.

„Und genau das werden Sie jetzt auch tun", schimpfte Taschner. „Wie können Sie wegen nicht vorhandener Hagelschäden ein Verbrechen vermuten?"

Dass es am Fundort Fußabdrücke gab, die nicht vom Toten stammen konnten, behielt Sifkovits für sich. Er hatte Angst, dass sein ehrgeiziger Vorgesetzter ansonsten erneut explodieren würde.

„Ich habe Sie verstanden, Herr Oberst. Wir denken eben manchmal unterschiedlich", versuchte er die Wogen wieder zu glätten.

„Dass Sie anders denken und anders handeln, ist nur halb so schlimm wie die Tatsache, dass Sie ständig die internen Abläufe ignorieren und auf eigene Faust entscheiden."

Das hatte gesessen. Sifkovits nahm einen Schluck von seinem Käsepappeltee. Er schlürfte dabei etwas zu laut.

„Und jetzt, Sifkovits, gehen Sie mir mit Ihrem Abwaschwasser, das Sie da trinken, aus den Augen. Sie melden sich beim Kollegen Berner. Der hat einen Akt für Sie. Kümmern Sie sich um den Hühnerdiebstahl in Olbendorf. Der Fall beschäftigt uns seit mehr als einem Jahr. Anscheinend ist der Täter wieder zurückgekehrt."

Taschner war offensichtlich fertig. Sifkovits blieb jedoch weiter vor ihm stehen.

„Ist noch was?", wollte Taschner wissen.

„Ihr Hosentürl ist offen."

„RAUS!", rief Taschner.

Sifkovits salutierte und schlich sich davon.

Kollege Berner übergab Sifkovits den Akt mit der Aufschrift „Hühnerdiebstahl Olbendorf-Untermühlen". Es war erst 8.34 Uhr, dennoch hatte sich Berner bereits eine Käseleberkäsesemmel einverleibt und ging zum zweiten Akt in Form von Chillileberkäse über.

„Viel Spaß bei diesem interessanten Fall!", sagte Berner mit süffisantem Unterton.

Sifkovits stellte seine halb volle Tasse auf Berners Schreibtisch ab und verließ das Büro. Der Geruch von Käsepappeltee stieg Berner in die Nase.

„Boah, des stinkt!"

Dann biss er in seine Chillileberkässemmel.

Folgsam nahm Sifkovits die Ermittlungen in Olbendorf-Untermühl auf. Diese verliefen in etwa so, wie Sifkovits es erwartet hatte. Die Causa hatte alle Voraussetzungen, zum langweiligsten Fall des Jahres zu werden. Wahrscheinlich handelte es sich um eine Nachbarschaftsfehde, wie sie häufig vorkam. Irgendwann grüßt man sich nicht mehr, dann ist die Musik zu laut, dann zieht der Geruch vom Griller zum Nachbargrundstück und schlussendlich stiehlt man ein paar Hühner.

Edi Brus, der Bestohlene, war außer sich. Er war ein großer, bulliger Mann mit rotem Kopf. Vermutlich eine Mischung aus Bluthochdruck und Rotwein. Brus arbeitete auf der Gemeinde in Olbendorf, sah aber seine wahre Bestimmung in der Hühnerzucht. „Was der Toni mit seinen Freilandeiern kann, das kann ich schon lange", war sein Credo.

Alle seine Hühner hatten Namen, sogar ziemlich originelle. Resi, Zenzi, Sissi, Lotti, Trixi und Biggi waren seit einiger Zeit verschwunden. Seine Frau Kikki stand während der Befragung neben ihrem Mann und sprach kaum ein Wort. Sifkovits machte sich beiläufig Notizen und versicherte dem selbst ernannten Hühnerflüsterer, dass man sich intensiv um den Fall kümmern werde. Er müsse sich keine Sorgen machen. Das LKA Eisenstadt sei die beste Adresse, um vermisste Hühner wiederzufinden.

Normalerweise hätte Sifkovits diesen Fall abgelehnt. Jedoch hatte dieser „Hühnerkrimi" einen entscheidenden Vorteil: Olbendorf-Untermühl lag fünfzehn Autominuten von Stinatz entfernt. Er wusste genau, wohin sein nächster Weg ihn führen würde. Direkt zur Kopftuchmafia nach Stinatz aufs Bankerl.

Die Kopftuchmafia war eine Art analoge WhatsApp-Gruppe. Sie bestand aus seiner Mutter Baba, Frau Resl Grandits, Frau Hilda Resetarits und dem Greißler Maikits. Man traf sich vor allem in den Sommermonaten am Bankerl direkt neben Babas Haus und besprach die Probleme des Dorfes. Man wälzte Gerüchte oder machte aus Mücken Elefanten. Wollte man Informationen im Dorf verbreiten, brauchte man nur zur Kopftuchmafia zu gehen. Sie war schneller bei der Verbreitung von Tratsch als jede Social-Media-Plattform. „Wir brauchen keine Kronen Zeitung, wir haben die Kopftuchmafia", wurde oftmals hinter vorgehaltener Hand gescherzt.

Im letzten Jahr war viel passiert. Frau Grandits hatte wieder zugenommen. Sie meinte wegen der Histamine in den Produkten, die würden sich bei ihr sofort auf die Hüften schlagen. Wahrscheinlich hatte es aber eher mit dem Nussstrudel zu tun, den sie einmal in der Woche backte und aß. Frau Resetarits befand sich in einer Zinsenkrise. Mutter Baba überlegte, ob sie nun doch den Innenhof ihres Hauses neu ausmalen sollte, und Maikits bot seit einiger Zeit in seiner Greißlerei Mandelmilch zum Verkauf an, ein Produkt, das in Stinatz niemand, und zwar wirklich niemand kaufte. Man ließ ihm seinen Stolz, wohl wissend, dass die Milch irgendwann im Kanal landen würde.

Die Kopftuchmafia hatte Sifkovits schon im vergangenen Jahr bei der Aufklärung eines Falles unterstützt. Jetzt wollte Sifkovits mehr Informationen über den toten Alois Stipsits.

Die sollte er auch bekommen.

5.

Der kleine Peugeot 206 passierte die Ortschaft Litzelsdorf. Sifkovits verließ die Bundesstraße, um über die Landstraße nach Stinatz zu gelangen. Zugegebenermaßen war die Straße in sehr schlechtem Zustand und würde dringend ein Service benötigen, aber die Landschaft, die sich neben ihr bot, war es wert, über diesen Fleckerlteppich zu fahren.

Sifkovits sah zur rechten Hand die wunderschönen Nadelwälder. Ein Anblick, an dem er sich nicht sattsehen konnte. Zur linken abgeerntete Maisfelder. Er blieb bei einem Feldweg stehen und genoss den Duft des Waldes und eine himmlische Ruhe machte sich in ihm breit. Kurz fühlte sich Sifkovits wieder wie der Sechsjährige, der er einmal gewesen war. Vor seinem geistigen Auge sah er, wie er mit seinem Papa durch den Wald streifte und Eierschwammerl suchte. Er saß mit seinem Papa vor dem Feuer, um Knackwürste zu grillen. Ein Geschmack, den er längst verloren glaubte.

Sifkovits zwinkerte flüchtig mit den Augen und war wieder in der Realität. Vor ihm nach wie vor der Wald. Wie damals. Unberührt, unschuldig, rein und lebendig. Als würden die großen Nadelbäume eine Einladung für neue Abenteuer aussprechen. Es ist, dachte der Inspektor, als würden die vielen Saubermacher die Hauptschuld an der Umweltverschmutzung tragen. Zum Glück haben sie auf diesen Flecken Erde vergessen.

Als Sifkovits in Stinatz ankam, parkte er sein Auto direkt vor dem Haus seiner Mutter. Ein furchtbares Schleifgeräusch der Bremsen schallte durch das friedliche Dorf. Das Bankerl vor dem Haus war voll besetzt. Die ganze Kopftuchmafia war anwesend. Es wurde der Uhudler getrunken, den Sifkovits tags zuvor mit seiner Mutter beim Weingut Priela gekauft hatte. Alle waren in eine heftige Diskussion über Zinsen und Banken verwickelt.

„Servus, Kojak!", rief Maikits.

Sifkovits ging zu der Gruppe.

„Was machst denn du schon wieder da?", fragte seine Mutter.

„Ich hab Sehnsucht nach dir gehabt, Mama", antwortete ihr Sohn.

Baba durchschaute ihn sofort, trotzdem freute sie sich über sein überraschendes Erscheinen.

„Was ist? Trinkst einen Uhudler mit?"

Maikits wartete gar nicht auf eine Antwort, sondern schenkte dem Inspektor ein Glas voll.

„Nein, danke. Nur ein heißes Wasser. Den Tee hab ich selber mit."

Die alte Frau Resetarits schüttelte den Kopf.

„Jetzt trinkst noch immer den Käs-Tee. Warum trinkst keinen Uhudler?"

„Ich vertrag den Wein leider nicht so gut", antwortete Sifkovits.

Frau Resetarits ließ nicht locker.

„Weißt du, warum ich so alt geworden bin?"

„Weil dein Mann sehr früh gestorben ist", warf die dicke Frau Grandits ein.

„Das auch, aber hauptsächlich, weil ich jeden Tag ein Glas Wein genieße."

Baba zog die Augenbrauen hoch.

„Hilda, du trinkst 365 Gläser Wein im Jahr?"

Sofort protestierte Frau Resetarits.

„Bist narrisch! Viel mehr!"

Heiteres Gelächter machte sich auf der Bank breit.

Maikits ging in seinen Laden, der direkt daneben lag, und kochte für Sifkovits heißes Wasser auf. Der Inspektor tauchte einen Beutel Käsepappeltee in die Tasse. Sie trug die Aufschrift „Für ein Burn-out habe ich keine Zeit". Sifkovits wusste genau, dass Maikits das Wort Burn-out noch nie gehört hatte, geschweige denn schreiben konnte. Bei dem Greißler aus Stinatz musste man Angst haben, dass er nicht das Gegenteil bekam. Ein „Mir ist fad"-out sozusagen.

Frau Resetarits konnte für den Teegenuss des Inspektors kein Verständnis aufbringen. Vielleicht lag es daran, dass sie bereits ihr drittes Achterl Uhudler trank.

„Also, Schiffi, wenn'st schon einen Tee trinkst, dann trink doch einen rumänischen!"

Auf der Bank erweckte diese Bemerkung blitzartig Neugierde.

„Was ist denn ein rumänischer Tee?", fragte Frau Grandits.

„Ein altes Rezept von den Huzulen*", führte Frau Resetarits aus. „Man nimmt ein großes Häferl, dann wirft man eine Münze rein. Danach gibt man ein bissl Schwarztee und Milch dazu. Bis man die Münze nicht mehr sieht."

„Ja, und? Was ist so besonders daran?", fragte Baba ungeduldig.

Frau Resetarits setzte zur Pointe an.

„Danach füllst du die Tasse mit einem Obstler auf, so lange, bis du die Münze wieder sehen kannst."

---

* Bergvolk in den Karpaten

Wieder heiteres Gelächter auf der Bank. Sifkovits lachte verhalten mit. Er fand es aber an der Zeit, die weinselige Stimmung zu stören.

„Wisst ihr irgendwas über den alten Stipsits?"

Auf der Bank wurde es ruhiger.

„Ja, der ist tot!", sagte Frau Grandits.

„Und sonst nix?"

Baba erkannte, warum ihr Sohn plötzlich erneut in Stinatz aufgetaucht war.

„Spatzl, ermittelst du wegen dem Stipsits? Es war doch ein Unfall!?"

„Eh, Mama. Ich bin da wegen einem Hühnerdiebstahl in Olbendorf. Mich würde interessieren, was der Stipsits für ein Mensch war."

Frau Resetarits wusste sofort etwas dazu zu sagen.

„Er war ein Netter! Er hat ausgeschaut wie ein Bär."

Sifkovits dachte, dass Bären grundsätzlich nett aussahen, aber nicht zwingend nett sein mussten.

„Wollen wir ihm nicht die Wahrheit sagen?", fragte Frau Grandits in die Runde.

Die Blicke gingen hin und her wie bei einem Tischtennisspiel.

„Sag's du, Resl!", ergriff Maikits das Wort.

Die dicke Frau Grandits leerte ihr Glas in einem Zug. Anschließend atmete sie noch einmal tief durch. Unüberhörbar. Dieses theatralische Vorspiel war ihr spürbar wichtig.

„Schau, Schiffi, er war ein Geschäftsmann. Er war immer freundlich, aber er war ..." Frau Grandits machte eine Pause und senkte ihren Blick nach unten. „Du kannst dich nicht mehr erinnern. Der alte Stipsits hat gemeinsam mit dem alten Priela Uhudler gemacht. Doch dann wurde der Wein bei uns verboten. Eine Katastrophe für die beiden. Später hat es das Gerücht gegeben, dass der alte Stipsits gemeinsam mit dem alten Priela Uhudler aus dem Osten ins Burgenland geschmuggelt hat. Plötzlich konnte man bei den beiden unter der Hand wieder Uhudler kaufen. Das Geschäft hat hervorragend funktioniert. Was ich weiß – Hilda, du wirst dich vielleicht auch erinnern –, haben die beiden den Direktträgerwein aus Rumänien bezogen."

Frau Resetarits nickte wissend.

„Stimmt. Aus Rumänien haben sie den Wein geholt. Weil er dort am billigsten war. Durch den Eisernen Vorhang konnte man damals mit genügend Schmiergeld so gut wie alles nach Österreich bringen", führte Frau Resetarits aus.

Maikits fiel auch noch etwas dazu ein.

„Was wirklich eigenartig war: Wie der alte Priela vor ein paar Jahren gestorben ist, hat der alte Stipsits den Weinkeller bekommen. Den mit dem Strohdach. Alle haben gedacht, den wird der junge Priela kriegen. Irgendwas ist an der Geschichte nicht sauber abgelaufen."

Maikits nahm einen kräftigen Schluck von seinem Uhudler.

„Der schmeckt fantastisch", posaunte er in die Runde. „Heute fühl ich mich wieder wie ein Adeliger!"

„Bist ja auch einer, Maikits", sagte Baba.

„Warum?", fragte der Greißler.

„Weilst mit einem Kaiserschnitt auf die Welt gekommen bist", sagte Frau Resetarits.

Wieder brachen alle in großes Gelächter aus.

„Was ist, Schiffi? Willst den Wein nicht einmal kosten?", fragte Maikits.

Sifkovits verneinte.

„Is' eh besser, wenn der Wein bei der Hitz' so lange steht, schmeckt er wie ein Glühwein", sagte Maikits.

Sifkovits lächelte gequält mit.

„Sonst gibt's nichts über den alten Stipsits?", bohrte der Inspektor nach.

„Na ja", setzte Frau Grandits an. „Seit einem Dreivierteljahr war der Stipsits irgendwie anders. So angespannt. Normalerweise war der Stipsits leutselig. Auf einmal hat man ihn ständig auf der Raika gesehen. Das weiß ich von der Silvia. Die wohnt gleich daneben."

Frau Resetarits bemerkte ätzend dazwischen: „Na sicher war er viel auf der Bank, weil er auch keine Zinsen bekommen hat."

Frau Grandits ließ sich durch diesen Kommentar nicht aus der Ruhe bringen.

„Schau, Schiffi, ich will niemanden beschuldigen, aber es ist schon komisch, dass genau seit einem Dreivierteljahr eine rumänische Familie nach Burgauberg gezogen ist. Vielleicht gibt es da einen Zusammenhang mit dem Schmuggel von damals. Der eine Rumäne arbeitete immerhin beim Stipsits."

Kurz kehrte Ruhe auf der Bank ein. Die Sonne war noch kräftig. Ein alter Traktor passierte die Gesellschaft. Der Mann hinterm Steuer grüßte freundlich. Noch lange waren die tuckernden Geräusche zu hören, ehe die Stille wieder zurückkehrte.

„Wo wohnt die rumänische Familie?", durchbrach der Inspektor das kollektive Schweigen.

„In Burgauberg. Sie haben das Haus von der verstorbenen Hirschmann gemietet. Popescu ist ihr Name", antwortete seine Mutter. „Weißt du, wo das ist?"

Ihr Sohn nickte. Dann stand er auf und ging zu seinem Auto.

„Wo fährst du hin?", wollte seine Mutter wissen.

„Ich komm gleich", sagte er knapp.

Kurz darauf war der kleine Peugeot in Richtung Burgauberg verschwunden.

Baba erhob sich von der Bank.

„Warum hast du ihm nicht alles erzählt?", fragte sie Frau Grandits.

„Weil es nur ein Gerücht ist. Die Toten soll man in Frieden ruhen lassen!", antwortete die dicke Dame.

„Wenn mein Sohn ermittelt, kommt er ohnehin drauf."

Mit diesen Worten ging Baba zurück in ihr Haus.

„Vielleicht wollten sie es so?", rief Frau Grandits in den Innenhof von Sifkovits Mutter.

„Vielleicht aber auch nicht!", brüllte Baba zurück.

6.

Das Haus der Familie Popescu lag mitten in Burgauberg. Von außen sah es nicht sonderlich einladend aus. Sifkovits vermutete, dass es Anfang des 20. Jahrhunderts erbaut worden war. Die Fassade hatte Risse, die alten Holzbalken der Fenster waren verrottet und auch das Dach bedurfte bald einer Renovierung. Links daneben stand unter einem kleinen Carport ein grüner Lada Taiga mit rumänischem Kennzeichen. Mit furchtbaren Schleifgeräuschen parkte Sifkovits seinen grünen Peugeot dahinter. Er versuchte an der weißen Eingangstür zu klingeln, stellte jedoch fest, dass er mit Klopfen mehr Erfolg haben würde. Die Klingel dürfte in Frühpension gegangen sein. Nach kurzer Zeit öffnete eine zierliche, schwarzhaarige Frau die Tür.

„Ja, bitte?“, sagte sie mit leiser Stimme und starkem Akzent.

„Guten Tag, Frau Popescu, mein Name ist Gruppeninspektor Sifkovits, darf ich kurz reinkommen?“

Sifkovits suchte seinen Ausweis, während im Hintergrund ein großer, bulliger Mann in die Tür trat.

Die kleine Frau drehte sich zu dem Mann um.

„Polizei“, sagte sie auf Rumänisch.

Der bullige Mann trat vor die Frau. Sifkovits schätzte den Mann Mitte, Ende vierzig, die Frau etwas jünger. Der Mann reichte Sifkovits die Hand.

„Adrian Popescu. Das ist meine Frau Mariana. Sie müssen entschuldigen, meine Frau spricht noch nicht so gut Deutsch. Bitte, was kann ich für Sie tun?“

„Kein Problem“, sagte Sifkovits. „Ich wollte nur ganz kurz

mit Ihnen über Alois Stipsits reden, für den Sie ja gearbeitet haben. Darf ich reinkommen?

„Sehr gern. Kommen Sie weiter", bat ihn der Mann herein.

Das Pärchen führte Sifkovits ins Wohnzimmer. Es war einfach, aber geschmackvoll eingerichtet. An den Wänden und auf den Kommoden sah Sifkovits einige Fotos, die das Pärchen an diversen Urlaubsorten zeigten. Man sah sie in Florenz, in Moskau, am Schwarzen Meer. Ein großes Foto, das neben dem Kamin hing, zeigte die beiden verliebt vor dem Eiffelturm in Paris. Sifkovits betrachtete das Bild. Das Foto kam ihm irgendwie eigenartig und rätselhaft vor. Adrian trug eine rote „I love Paris"-Kappe, eine kurze Hose und ein kurzärmeliges Hemd. Seine Frau trug ein weißes Leinenkleid. Der Eiffelturm war im Hintergrund zu sehen. Er warf einen Schatten nach rechts. Ein typisches Touristen-Motiv.

„Ich war noch niemals in Paris. Die Stadt der Liebe. Muss schön sein, dort", sagte der Inspektor.

Der bullige Mann nickte.

Adrian und Mariana luden den Inspektor ein, auf der Couch Platz zu nehmen. „Was dürfen wir Ihnen zu trinken anbieten?"

„Nur heißes Wasser. Den Tee habe ich selbst mit", antwortete Sifkovits auf Adrians Frage.

Mariana erhob sich und ging in die Küche.

„Was wollen Sie über Alois Stipsits wissen, Herr Inspektor?"

„Nur allgemeine Informationen. Was war er für ein Mensch?", fragte Sifkovits.

„Er war ein sehr angenehmer Chef, offen für jedes Problem und natürlich auch sehr überzeugt von seinem Wein.

Als meine Frau und ich vor einem Dreivierteljahr hierherkamen, war es ein Glücksfall, dass ich sofort Arbeit bei ihm bekam. Wir waren ihm zutiefst dankbar und sind natürlich mehr als bestürzt über diesen tragischen Unfall."

Mariana Popescu kam mit dem heißen Wasser zurück. Sifkovits tauchte sein Käsepappeltee-Sackerl in die Tasse.

„Wann haben Sie Alois Stipsits zum letzten Mal gesehen?", wollte der Inspektor wissen.

„Gestern am späten Nachmittag", antwortete Popescu. „Wir haben darüber gesprochen, ob wir unsere Etiketten verändern sollen. Stipsits wollte etwas für einen besseren Verkauf seines Uhudlers tun."

„Wann war das ungefähr?", wollte Sifkovitz wissen.

„Gegen 18.00 Uhr. Danach verließ er unser Haus. Wo er anschließend hinfuhr, weiß ich leider nicht."

Sifkovits nahm einen Schluck Käsepappeltee. Sein Blick blieb erneut beim Paris-Foto hängen.

„Schön, wenn man viel verreisen kann. Meine Frau und ich haben leider wenig Zeit zum Reisen. Wissen Sie, sie arbeitet für ‚Ärzte ohne Grenzen'. Zurzeit ist sie in Kenia. Sie ist immer wieder weg, daher bleibt leider wenig Zeit für uns. Rumänien zum Beispiel würde mich sehr interessieren."

„Ist ein schönes Land", sagte Adrian.

„Aus welchem Teil von Rumänien kommen Sie?", fragte Sifkovits.

Mariana Popescu begann unsicher zu lächeln. Sifkovits war wegen dieser Reaktion ein wenig irritiert.

Sofort antwortete Adrian: „Arad. Wir wohnten im Bezirk Sânnicolau Mic."

„Warum sind Sie weggegangen?"

„Arad ist eine schöne Stadt und bietet viele Möglichkeiten, vor allem für junge Leute, aber leider waren wir aufgrund der wirtschaftlichen Situation gezwungen, Rumänien zu verlassen und unser Glück hier zu suchen. Die Bezahlung ist einfach besser. Wir haben so viel Armut in unserem Land erlebt, dass wir in Zukunft die schönen Dinge des Lebens genießen wollen", führte Herr Popescu aus.

Sifkovits nickte verständnisvoll.

„Waren Sie schon immer in der Weinbranche?", fragte er.

„Nein. Ganz im Gegenteil. Ich war Türsteher einer großen Diskothek. Das Gehalt war okay, aber nicht zu vergleichen mit dem Gehalt, das ich von Herrn Stipsits bekam."

Aufgrund seiner äußeren Erscheinung konnte der Inspektor sehr gut nachvollziehen, dass Adrian als Türsteher arbeitete. Unter dem schlichten T-Shirt konnte man nach wie vor gut trainierte Muskeln erahnen.

„Darf ich Ihnen ein Kompliment aussprechen, Herr Popescu?"

Überrascht neigte sich Adrian nach vorne.

„Sie sprechen ausgezeichnet Deutsch", stellte Sifkovits anerkennend fest.

Adrian freute sich merklich.

„Ich danke Ihnen. Ich habe lange in Deutschland gearbeitet, als ich noch jünger war und meine Frau noch nicht kannte."

Sifkovits hatte genau diese Vermutung gehabt.

„Ich lebte in Erfurt und fing dort mit 18 als Türsteher in einer Diskothek an", fügte Adrian hinzu. „Als ich etwa 27 Jahre alt war, ging ich wieder zurück nach Rumänien."

Der übermäßige Konsum von Käsepappeltee machte sich plötzlich bemerkbar.

„Dürfte ich einmal Ihre Toilette benutzen?“, fragte der Inspektor.

„Ja, sehr gern. Draußen am Gang, die erste Tür links.“

Sifkovits nahm die zweite. Plötzlich stand er in einem kleinen Raum, in dem sich ein Ehebett befand. Allerdings war nur eine Bettseite überzogen.

„Verzeihung, ich habe mich in der Tür geirrt“, entschuldigte er sich bei der ihm nachgefolgten Mariana. Sie zeigte ihm den richtigen Eingang. Auf der Ablage über dem Waschbecken stand ein Zahnputzbecher mit nur einer Zahnbürste. Sifkovits kratzte sich unter der Kappe. Er öffnete die Tür zu der kleinen Dusche. Auf dem Boden stand nur ein Duschgel der Marke „Axe-Afrika“. Eine Marke für Herren.

Als der Inspektor wieder zurückkam, war Mariana gerade dabei, einige Kekse in eine unfassbar geschmacklose Glasschüssel zu leeren.

„Schlafen Sie getrennt?“, fragte Sifkovits.

„Ja, ich schnarche sehr viel, meine Frau hat ihr Schlafzimmer oben.“

„Das kenne ich gut“, zeigte sich Sifkovits verständnisvoll. „Wir schlafen auch getrennt. Meine Frau schnarcht leider ununterbrochen. Ich frage mich, warum die, die schnarchen, immer als Erste einschlafen. Am schlimmsten finde ich aber die Stille in den Schnarchpausen. Man weiß, dass es gleich wieder beginnt.“

Sifkovits bemerkte, dass Herr Popescu mit seinen Gedanken ganz woanders war. Er lächelte zwar müde über die Ausführungen des Inspektors, schenkte den Worten allerdings keine Aufmerksamkeit.

„Gut, Herr Popescu. Ich habe ihre Zeit lange genug in Anspruch genommen.“

Als Popescu bereits aufstehen wollte, um den Inspektor nach draußen zu begleiten, blieb dieser jedoch noch sitzen.

„Eine letzte Frage: Ist Ihnen in letzter Zeit irgendetwas aufgefallen, das ungewöhnlich war für Herrn Stipsits?"

Der bullige Mann überlegte kurz.

„Nein, eigentlich nicht. Er war ganz normal", antwortete er.

Sifkovits nickte und erhob sich.

„Warten Sie!", hielt ihn Adrian zurück. „Jetzt, wo Sie das ansprechen ... Vor etwa zwei Wochen kam der andere Uhudler-Bauer, Priela, zu uns in den Keller. Er wirkte sehr verärgert. Ich war unten im Keller und habe daher nicht alles mitbekommen, aber die beiden dürften wohl eine heftige Auseinandersetzung gehabt haben. Der junge Priela hat geschrien. Ich hab's nicht ganz verstanden, aber es klang nach: ‚Mit dem wirst du nicht durchkommen!' Dann fuhr er wütend davon."

„Interessant! Mehr haben Sie nicht gehört?", fragte der Inspektor.

Adrian schüttelte den Kopf. Alois Stipsits habe auch nicht mit ihm über den Vorfall geredet. Nur so viel, dass der junge Priela ein Trottel sei und von nichts eine Ahnung habe.

„Vielen Dank für den Tee und dass Sie mir Ihre Zeit geschenkt haben."

„Keine Ursache, Herr Inspektor. Wenn Sie etwas von uns brauchen, sind Sie jederzeit willkommen."

Adrian bot Sifkovits erneut die Hand an.

„Danke. Ich glaube nicht, dass ich noch einmal kommen werde."

Dann verließ er das Wohnzimmer. Als er schon in der Tür stand, drehte sich Sifkovits noch einmal um.

„Etwas ist mir noch eingefallen."

„Bitte?"

„Wie hieß die Diskothek in Deutschland, in der Sie gearbeitet haben?"

„Prösterchen" bekam er als Antwort von Popescu.

„Vielen Dank."

Als Sifkovits draußen war, drehte sich die schwarzhaarige Frau dem bulligen Mann zu. Sie ergriff seine Hand.

„Ich habe Angst. Er hat so komisch dreingeschaut!", sagte sie auf Rumänisch mit sorgenvoller Stimme.

„Du musst keine Angst haben. Ich habe an alles gedacht", versuchte Adrian sie zu beschwichtigen.

Mariana schüttelte den Kopf. Sie schaute verzweifelt.

„Sollen wir nicht doch einfach abhauen?", fragte sie.

„Nein, auf keinen Fall! Ich habe schon alles in die Wege geleitet. Wir bleiben noch mindestens drei Wochen. Alles andere wäre zu auffällig. Und jetzt, bitte, beruhige dich."

Adrian nahm Mariana in den Arm.

Sifkovits saß in seinem kleinen Peugeot und grübelte.

Irgendwie schienen ihm dieses Haus und diese Familie seltsam. Alles wirkte aufgesetzt. Er schrieb sich das rumänische Kennzeichen des Lada Taiga auf.

Als er unterwegs war, führte er zwei Telefonate. Das eine überzeugte ihn, das andere ließ ihn zweifeln.

Und dann war noch die Sache mit dem Paris-Foto.

7.

Der grüne Lada Taiga war seit zwei Jahren auf einen Adrian Popescu gemeldet. Dies bestätigte Sifkovits ein befreundeter Kollege bei der Verkehrspolizei. Jener Adrian Popescu war auch in Arad gemeldet. Da hatte er die Wahrheit gesagt.

„Was haben Sie sich denn ungefähr vorgestellt?“, riss ein Verkäufer Sifkovits aus seinen Gedanken. Er war im Elektrogeschäft Perisutti in Stegersbach, auf der Suche nach einer Digitalkamera. Sifkovits musterte das Modell, das ihm der Verkäufer auf den Tresen gelegt hatte.

„Was kann denn diese Kamera?“, fragte er etwas naiv.

Darauf hatte der Verkäufer nur gewartet. Ohne Atempause präsentierte er stolz sein Fachwissen, noch dazu in einer rasenden Geschwindigkeit.

„Schauen Sie. Diese Kamera hat einen 17 MP Four Thirds MOS-Sensor, DC Vario Summilux 3.1 x Zoom Lens, 24–75 mm, 35 mm equivalent, 2.76 m-Dot Electronic Viewfinder, 3.0“ 1.24 m-Dot Touchscreen LCD Monitor, UHD 4K30p Video Recording, 11-fps Shooting, Extended ISO 100-25600, 4K Photo Modes, Post Focus, Built-in Bluetooth and Wi-Fi und natürlich included CF D Flash Unit. Noch Fragen?“

Sifkovits hatte nicht die geringste Ahnung, wovon der junge Mann sprach. Um sich keine Blöße zu geben, nickte er wissend.

„Mhm, das klingt gut“, sagte er. „Was kostet die Kamera?“

„Bei der Leica M 16, bei der auch noch BP-DC15 Li-ion Battery, ACA-DC16-U Battery Charger, CF D Flash Unit, Micro-B USB Cable, Shoulder Strap, Lens Cap, Lens Cap

String und ein Hot Shoe Cover inbegriffen sind, liegen wir bei 1375 Euro."

Sifkovits schluckte. Er musste daran denken, dass sein erstes Auto weit weniger gekostet hatte.

„Gut, das ist doch teurer, als ich gedacht habe. Was wäre denn die billigste Kamera, die Sie verkaufen?"

Der Verkäufer runzelte die Stirn. Anscheinend hatte sein Vortrag nicht überzeugen können.

„Die MP 1. Das ist eine Digitalkamera für Kinder ab acht Jahren. Die kostet 19,99", sagte der Verkäufer trocken. „Da haben S' sogar ein paar Spiele drauf."

„Passt, die nehme ich", meinte der Inspektor entschlossen.

„Sicher?", fragte der Verkäufer.

„Ja. Warum nicht?"

„Sie ist rosa und hat Schweineohren. Modell Miss Piggy", sagte der Verkäufer, während er Sifkovits die Kamera präsentierte.

Dieser überlegte kurz.

„Haben Sie auch Kermit?", fragte er.

„Leider nicht. Gestern den letzten verkauft."

Mit Miss Piggy im Gepäck fuhr Sifkovits los.

Das Haus der Familie Stipsits lag auf einer Anhöhe etwas außerhalb von Burgauberg. Rundherum bot sich ein atemberaubender Blick auf die Weinberge. Das Haus war groß und wirkte herrschaftlich. Es gab keine Nachbarn. Das aus Edelstahl geformte Eingangstor stand offen und Sifkovits fuhr seinen Peugeot in den Innenhof; wie immer ertönten die nervtötenden Schleifgeräusche der Bremsen. In der geöffneten Garage parkten zwei Fahrzeuge: ein Fiat 500, den

Sifkovits der Tochter zuordnete, und ein Audi A6. Der große Audi des Verstorbenen stand links hinten im Innenhof. Die Garage hatte insgesamt drei Stellplätze, wobei sich unter einem eine KFZ-Grube befand. Eine praktische Sache, um kleine Reparaturen am Unterboden des Fahrzeugs durchzuführen. Vorausgesetzt, man besaß handwerkliches Geschick. Sifkovits dachte kurz an seine Bremsen. Als er seinen Wagen abstellte, wurde er bereits von Bettina Stipsits im Innenhof erwartet.

„Guten Tag, Herr Inspektor, was machen Sie denn da? Ist alles in Ordnung?", wollte die junge Frau wissen.

„Guten Tag, Frau Stipsits. Ja, alles in Ordnung. Ich bin nur hier, weil ich Ihnen gern einen Wein abkaufen würde, um meinen peinlichen Fehler vom letzten Mal wieder gutzumachen", entschuldigte sich der Inspektor.

Bettina lachte.

„Meine Mutter hat Ihnen doch gesagt, dass wir Ihnen gern Wein schenken möchten. Bitte kommen Sie doch rein."

Innen wirkte das Haus noch größer. Der Wohnraum bestand aus einer Wohnküche, einem großen Wohnzimmer mit einem imposanten offenen Kamin und einem eigenen Barbereich. Christa Stipsits stand in der Küche. Sifkovits nahm ihr gegenüber auf einem Barhocker Platz.

„Wollen Sie auch einen Kaffee, Herr Inspektor?", fragte Christa Stipsits.

Bevor der Inspektor dies verneinen konnte und wie so oft nur heißes Wasser einfordern wollte, fügte Christia Stipsits hinzu: „Wenn Sie Ihren Kaffee mit Milch trinken möchten, kann ich Ihnen nur laktosefreie Milch anbieten. Ich bin leider laktoseintolerant, wie meine Tochter."

„Nein, danke, ich nehme einfach heißes Wasser, meinen Tee habe ich selber dabei", wehrte Sifkovits freundlich ab.

„Welchen Tee trinken Sie denn?", erkundigte sich Bettina neugierig.

„Käsepappeltee."

Bettina schmunzelte.

„Den trinke ich auch gern. Wir haben sogar einen da."

Sie holte ein großes Glas mit verschiedensten Kräutern aus einem der Küchenkästen. Sifkovits zeigte sich einerseits erstaunt, anderseits etwas verwirrt.

„Ist eine eigene Mischung. Ich arbeite in der Apotheke in Stegersbach", sagte Bettina Stipsits „Wir mischen da auch hin und wieder unterschiedliche Teesorten. Probieren Sie ihn doch einmal, Herr Inspektor."

Bettina füllte einige Kräuter aus dem Glas in ein Tee-Ei. Ein angenehmer Duft breitete sich aus. Sifkovits nahm die Tasse und schlenderte durch das Wohnzimmer.

„Sie haben ein sehr schönes Haus, Frau Stipsits. So geräumig", stellte er fest.

„Ja. Mein Mann liebte offene, große Räume, weil er beruflich meist in kleinen, dunklen Kellern war", verriet ihm die Dame.

An der Wand hingen zahlreiche Familienfotos. Sie wirkten harmonisch, aber doch gestellt – wie häufig bei Familienbildern. Ein Foto erweckte seine Neugierde. Alois Stipsits stand mit einem etwa gleichaltrigen Mann vor seinem Weinkeller. Die beiden Herren hatten ihre Arme um die Schultern des jeweils anderen gelegt und hielten mit der freien Hand eine Flasche Uhudler in die Höhe.

„Wer ist denn das?" Sifkovits zeigte auf den Mann neben Herrn Stipsits.

„Das ist der Fabsits Roman. Er hat früher bei meinem Mann gearbeitet, aber leider wurde ihm mit der Zeit das Trinken des Alkohols wichtiger als das Produzieren. Sie haben sich vor etwa einem Jahr getrennt“, klärte Christa Stipsits den Inspektor auf.

„Wohnt er noch in der Gegend?“

„Nicht in Burgauberg“, gab Frau Stipsits zur Antwort. „Er hat eine kleine Wohnung in Stegersbach. Angeblich soll er ziemlich heruntergekommen sein. Er verkriecht sich in seinen eigenen vier Wänden und geht kaum mehr auf die Straße. Mein Mann hatte viel Geduld, aber irgendwann ging es mit Roman einfach nicht mehr.“

„Der Tee schmeckt wirklich ausgezeichnet“, lobte der Inspektor.

„Ich sag’s Ihnen doch!“, freute sich Bettina. „Wenn Sie in Zukunft Käsepappeltee wollen, dann kommen Sie zu mir nach Stegersbach in die Apotheke.“

„Das mache ich sehr gern, Frau Stipsits.“

„Bettina. Bitte Bettina. Sonst komm ich mir so alt vor.“

„Also, Bettina, Sie haben mich in eine völlig neue Welt des Käsepappeltees eingeführt. Ich trink ja sonst immer den aus dem Drogeriemarkt“, sagte Sifkovits.

„Der ist nicht zu vergleichen mit unserem. Wir geben ein geheimes Gewürz dazu.“

„Welches?“ Sifkovits wurde neugierig.

„Das darf ich Ihnen leider nicht verraten, Herr Inspektor, sonst wär’s ja nicht geheim.“

Sifkovits lachte und Bettina ließ sich davon anstecken.

„Schön, wenn Sie nach dem tragischen Ereignis wieder etwas lachen können“, räumte der Inspektor ein.

„Was bleibt uns denn anderes übrig?“

Bettina Stipsits hatte schon einiges mitgemacht.

„Wann wird denn Ihr Vater beerdigt?“, fragte Sifkovits.

„Erst in ein paar Tagen. Momentan gibt es sehr viele Todesfälle. Sie wissen ja, er ist in Stinatz geboren und möchte auch dort begraben werden“, sagte Bettina.

Sifkovits konnte das gut verstehen. Als Stinatzer will man in der Heimat begraben werden, selbst wenn man nach Chicago ausgewandert ist. Man will dort liegen, von wo man kommt. Viele der burgenländischen Auswanderer sprachen neben Englisch nach wie vor die Sprache ihrer Kindheit.

Als Christa Stipsits den Kühlschrank öffnete, um sich ihre Milch zu holen, bemerkte Sifkovits unzählige laktosefreie Produkte: Butter, Sauerrahm, Joghurt usw.

„Waren Sie schon immer laktoseintolerant? Schon erstaunlich, welche Krankheiten es heutzutage gibt. Wir hatten früher in der Klasse vielleicht einen Evangelischen, und das war schon sonderbar, aber laktoseintolerant war niemand“, sagte der Inspektor mit einem süffisanten Lächeln. Für ihn war das eine Modekrankheit.

„Seien Sie froh!“, sagte Christa in ernstem Ton. „Ich habe es erst vor ein paar Jahren bekommen. Wenn ich normale Milch trinke, bekomme ich gleich Magenkrämpfe. Keine angenehme Sache.“

Sifkovits versuchte umständlich zu erklären, dass er es nicht so gemeint hätte. Die Dame nahm es mit Humor.

„Welchen Wein darf ich Ihnen denn mitgeben?“, wollte Frau Stipsits wissen.

Der Inspektor wurde rot.

„Bitte entschuldigen Sie meinen peinlichen Auftritt …“

„Nein, nein, alles gut!“, wurde der Inspektor unterbrochen. „Sagen Sie mir, was Sie wollen, damit Sie nicht beim Priela kaufen müssen."

Sifkovits atmete einmal tief durch. Christa Stipsits ließ sich offenkundig nicht auf das „Ich bin so bescheiden und nehme nichts an"-Spiel ein.

„Na gut, dann würde ich einen Uhudler-Likör nehmen."

„Es macht mir eine große Freude, Sie mit unserem guten Wein zu versorgen. Wollen Sie vielleicht auch einen alten Uhudler? Auf den war mein Mann besonders stolz."

Frau Stipsits ging in die Vollen.

Der Inspektor gab zu verstehen, dass er sich über das Angebot freute und es gern annahm. Christa schickte ihre Tochter los, um den Wein zu holen.

„Ihre Tochter ist sehr sympathisch!"

„Ja, sie ist ein Sonnenschein. Haben Sie Kinder?", fragte Frau Stipsits.

„Nein. Kinder sind mit meinem Beruf nicht leicht vereinbar."

„Mit welchem Beruf sind Kinder schon leicht vereinbar?", fragte Christa.

„Gute Frage. Wenn man gute Mitarbeiter hat, ist es sicher einfacher", stammelte der Inspektor.

Frau Stipsits erwiderte nichts darauf.

„Adrian Popescu hat mir erzählt, dass Ihr Mann eine Woche vor seinem tragischen Unfall einen Streit mit dem jungen Priela hatte. Wissen Sie was davon?"

Die Antwort kam schnell.

„Nein! Es kann aber leicht möglich sein. Mein Mann hatte öfter Auseinandersetzungen mit dem jungen Priela. Es ging um den Weinkeller. Priela war der Ansicht, dass der Weinkeller nach dem Tod seines Vaters ihm zustehe. Wir haben aber eine Urkunde, die beweist, dass der Keller auf meinen Mann überging."

„Darf ich die Urkunde sehen?"

Christa Stipsits nickte kurz. Sie öffnete einen großen Biedermeierschrank im Wohnzimmer. Darin befanden sich einige Mappen in verschiedenen Farben. Aus einer roten Mappe zog sie ein Schriftstück heraus.

„Bitte."

Sifkovits nahm das Papier an sich. Es war abgegriffen und schon mehrmals gefaltet worden.

„Darf ich die Urkunde fotografieren?", fragte er.

„Warum?"

„Es geht nur um den Bericht für meinen Vorgesetzten. Da ich am Fundort Ihres Mannes war, muss ich auch einen Bericht in Eisenstadt abliefern."

Frau Stipsits nickte ein paar Mal.

„Ich weiß zwar nicht, was der Vertrag und der junge Priela mit dem Unfall meines Mannes zu tun haben, aber bitte gern."

Sifkovits holte seine rosa Kamera heraus.

„Das ist aber eine sehr eigenwillige Kamera, Herr Inspektor", zeigte sich Christa Stipsits belustigt.

„Modell Miss Piggy. Hat sogar Spiele drauf!", sagte Sifkovits beinahe stolz.

Langsam fing er an, die Schweinekamera zu mögen. Nach ein paar Versuchen hatte er die Urkunde auf seiner Speicherkarte.

Bettina Stipsits kam mit den Weinen zurück und übergab sie dem Inspektor.

„Vielen Dank", sagte er übertrieben freundlich. „Auch für die Zeit, die Sie sich für mich genommen haben. Ich garantiere Ihnen, dass ich Sie nicht länger belästige."

Bettina gab ihm zu verstehen, dass sein Besuch keineswegs eine Belästigung darstellte.

Er verabschiedete sich freundlich und ging in Richtung Ausgangstür. Beim Hinausgehen drehte er sich noch einmal um.

„Ganz kurz …“

„Jaa?“, fragte Christa Stipsits.

„Hatte Herr Popescu einen Schlüssel für den Weinkeller?“

Frau Stipsits sah nur den Kopf des Inspektors.

„Ja. Ich denke schon.“

„Dankeschön.“

Bevor die Tür schlussendlich ins Schloss fiel, war es Frau Stipsits, die noch etwas wissen wollte.

„Herr Inspektor, glauben Sie, dass beim Tod meines Mannes etwas nicht mit rechten Dingen zugegangen ist?“

Während dieser Frage riss sie ihre blauen Augen weit auf.

„Frau Stipsits. Wir von der Polizei ‚glauben‘ grundsätzlich nicht, wir wollen ‚wissen‘! Und momentan wissen wir nichts über ein Verbrechen in Zusammenhang mit Ihrem Mann.“

Frau Stipsits war sichtlich erleichtert über diese Worte.

„Danke, Herr Inspektor.“

Sifkovits ging über den Hof. Er kam an der KFZ-Grube vorbei, blieb stehen und kratzte sich unter seiner Kappe. Er stieg die kleinen Stufen hinunter in die Grube und sah sich alles genau an.

Als er wieder in seinem Peugeot saß, dauerte es lange, bis er den Zündschlüssel drehte. Er dachte nach. Irgendetwas stimmte an der Sache nicht.

Der junge Priela hatte Probleme mit dem alten Stipsits.

Adrian Popescu fuhr einen grünen Lada Taiga, der in Arad gemeldet war. In Erfurt gab es zwar eine Diskothek mit dem Namen „Prösterchen“, jedoch hatte die dortige Geschäftsführung noch nie etwas von einem Adrian Popescu gehört. Auch in den alten Geschäftsbüchern suchte man den Namen vergeblich.

Und dann war da noch die Sache mit der KFZ-Grube.

Kurz darauf bekam Roman Fabsits Besuch von einem Kriminalbeamten.

8.

„Er war ein Arschloch!"

Roman Fabsits saß auf einer alten Couch in seiner kleinen Wohnung. Im Wohnzimmer stapelten sich Pizza-Kartons, McDonald's-Tüten, Heringsfilet-in-Tomatensauce-Dosen und eine Unzahl leerer Weinflaschen. Fabsits war ein großer, dünner Mann mit borstigen Haaren. Er trug einen braunen Jogginganzug mit FC-St.-Pauli-Logo. Sein Gesicht war faltig und man konnte sehen, dass es schon einiges erlebt hatte. Sifkovits hockte ihm gegenüber auf einem speckigen Fauteuil. Fabsits machte dem Inspektor unmissverständlich klar, was er von seinem ehemaligen Arbeitgeber hielt.

„Ein richtiges Arschloch. Nach außen hin hat er den geselligen Großbauern gespielt, der immer für alle ein offenes Ohr hatte, aber im Grunde seines Herzens war er ein …"

Sifkovits unterbrach ihn.

„Ich weiß. Das haben Sie mir jetzt schon vier Mal erzählt."

Fabsits nahm einen Schluck aus der Weinflasche, die er in seinen Händen hielt. Er trank direkt aus der Flasche. Es handelte sich um einen „Roten Musketier". Rechts unten am Etikett konnte man „Verschnitt aus mehreren Ländern der EU" lesen.

„Da ist von allen Sorten das Beste zusammengemischt!", waren Fabsits Worte. „Wollen S' auch einen Schluck, Herr Inspektor?"

„Nein, danke. Ich bin im Dienst", antwortete Sifkovits.

„Ist eh besser, weil bis ich in meiner Küche ein Glas finde, ist der Wein schon verdunstet."

Fabsits lachte über seine Bemerkung, wobei das Lachen gleich darauf in einen keuchenden Husten überging. Sifkovits sah in ein lupenreines TOTO-Gebiss. Eins, zwei, X. Roman Fabsits war wohl neben der Küche auch schon lange nicht mehr beim Zahnarzt gewesen.

„Herr Fabsits, wann haben Sie Alois Stipsits zum letzten Mal gesehen?“, wollte der Inspektor wissen.

„An dem Tag, als er mich rausgeschmissen hat.“ Fabsits hielt kurz inne und senkte den Kopf. „Für mich ist der Lois schon seit einem Jahr tot, nicht erst seit vorgestern.“

Sifkovits wollte wissen, wie die Kündigung ablief.

„Kurz und schmerzlos. Wir haben uns beim Keller getroffen. Wir sind nach oben gegangen ins Zimmer, wo er öfter übernachtet hat. Ich habe den Schlüssel genommen, der unter einer Figur liegt, die links am kleinen Fenster steht, habe aufgesperrt, er hat wie immer ein Blatt von seinem blöden Sprüchekalender runtergerissen, wir haben uns jeder ein Glas eingeschenkt und es geleert. Ich stellte ihm eine Frage, er antwortete nicht, sondern las mir den Spruch vom Kalender vor. ‚Manche Kollegen hinterlassen eine Lücke, die sie vollständig ersetzt.‘ – ‚Roman, es geht nicht mehr.‘ Ich habe mich wortlos umgedreht und bin gegangen. Nach allem, was ich für den Betrieb getan habe. Wissen Sie, was ich alles weiß über dieses …“

„… Individuum“, beendete Sifkovits die Ausführungen. „Sie meinen den Uhudler-Schmuggel?“, bohrte der Inspektor nach.

„Geh, das weiß eh ein jeder. Ich war öfter dabei in Rumänien. In den Karpaten. Ein schönes Land, aber bittere Armut. Dort hatten wir einen Verbindungsmann. In der Nähe von Cluj …“ Fabsits blickte auf. „Cluj. Das klingt wie Schlüssel auf Kroatisch.“

Damit hatte Fabsits recht. Allerdings hatte das kroatische Wort für Schlüssel eine andere Schreibweise als die Stadt in Transsilvanien. Ključ, gesprochen Klutsch.

„Na ja, jedenfalls …“, setzte Fabsits wieder an, „haben wir in Cluj unseren Wein geholt. Die Rumänen haben alles vorbereitet und wir haben mehr oder weniger den Wein nur umgeladen. Später, Ende der 80er-Jahre, sind die Rumänen direkt an die Grenze gefahren und wir haben die Übergabe vor Ort gemacht. Ein Bombengeschäft. Die Leute waren verrückt nach dem Uhudler, noch dazu, weil er verboten war. Es hatte etwas von Pablo Escobar, aber halt regional.“

Fabsits lachte erneut.

„Warum Rumänien?“, fragte der Inspektor.

„Am billigsten!“, bekam er als knappe Antwort. „Selbst inklusive der Fahrtkosten konnte kein anderes osteuropäisches Land preislich mithalten. Die Zollbeamten wurden geschmiert. Einige davon wurden mit der Zeit richtige Freunde. Mit Geld konnte man damals alles ermöglichen. Der Eiserne Vorhang war ein Geschenk für unser Geschäft, wobei, wirklich verdient dabei haben der Lois und der alte Priela, ich war nur ihr Botenjunge, aber damals war ich damit zufrieden. Es war ja auch ihre Idee mit dem Uhudler-Schmuggel.“

Sifkovits kratzte sich unter der Kappe.

„Wissen Sie, wann der Uhudler im Burgenland verboten wurde?“, fragte er.

„1938 das erste Mal, glaube ich. Lange Zeit hielt sich die Legende, dass der Wein von Direktträgern einen hohen Anteil an Fuselölen und Methanol enthalte und daher gesundheitsschädlich sei. In den 70er-Jahren war dann die Produktion von Uhudler nur mehr für den privaten Gebrauch erlaubt.

‚Haustrunk' hat man dazu gesagt. Mitte der 80er-Jahre kam dann der Todesstoß für den Uhudler. Da wurde der Begriff ‚Haustrunk' im Zuge der Verschärfung des österreichischen Weingesetzes aufgrund des Glykol-Weinskandals aus dem Gesetz gestrichen, womit der Uhudler verboten war. In dieser Zeit wurden bei uns Tausende Liter Uhudler von Kellereiinspektoren ausgeleert und vernichtet. Das wollten sich der Stipsits und der Priela nicht gefallen lassen. Bis zum Fall des Eisernen Vorhangs wurde viel Geld mit dem Schmuggel gemacht, danach wurde es etwas schwieriger. Anfang der 90er-Jahre wurde der Uhudler wieder erlaubt und die Verbindung nach Rumänien brach ab."

Sifkovits notierte alles in sein kleines Notizbuch.

„Danach haben sich die beiden Bauern wieder auf das Burgenland konzentriert?", fragte er.

„Richtig. Sie haben gemeinsam den Keller in Burgauberg betrieben und jeder für sich hat eine moderne Produktion gestartet. Anfangs noch miteinander, aber mit Zeit gab es Reibereien und Meinungsverschiedenheiten, was die Qualität des Weines betroffen hat. Und ich sage Ihnen eines: Die Geschichte mit dem Weinkeller ist nicht sauber abgelaufen. Es war immer klar, dass nach dem Tod von einem der beiden der Keller an dessen Kind gehen sollte. In Prielas Fall an den Markus. Da hat der alte Stipsits irgendwas getrickst und sich den Keller geschnappt. Der nicht nur einiges wert ist, sondern auch repräsentative Zwecke erfüllt. Also der Markus Priela ist sicher nicht bestürzt, dass dieses Arschloch gestorben ist."

„Und Sie?" Sifkovits blickte Fabsits lange in die Augen.

„Ich auch nicht!"

Sifkovits erhob sich aus dem Sessel, indem er sich mit

beiden Armen an den Armlehnen abstützte. Es war kein Blut, das auf seiner rechten Hand klebte, sondern Tomatensauce-Reste vom Heringsfilet. Er wischte diese unbemerkt in die Rückwand des Fauteuils. Nichtsdestotrotz war leichter Fischgeruch an seiner Hand zu riechen.

„Danke, Herr Fabsits."

Sifkovits stolperte beim Hinausgehen beinahe über eine „Rote-Musketier"-Familie. Familie deshalb, weil sich auch einige Stifterl darunter befanden. Quasi die Kinder. Er drehte sich nochmals um.

„Wo waren Sie vorgestern ab 21.00 Uhr?", fragte er Fabsits.

„Warum ab 21.00 Uhr?"

„Weil Alois Stipsits davor noch am Leben war. Er hat mit seiner Frau vor neun telefoniert."

„Ich war hier, Herr Inspektor."

„Zeugen?"

„Ja, viele. Der letzte war Armin Wolf, danach war ich nicht mehr nüchtern."

Fabsits lächelte. Sifkovits auch. Bevor der Inspektor durch die Tür ging, wurde er durch folgenden Satz gestoppt:

„Seine Frau hat er auch betrogen. Mit einer Rumänin."

So ein Arschloch, dachte Sifkovits. „Aha. Hat seine Frau davon gewusst?", fragte er hingegen laut.

„Nein. Die Christa hat von gar nichts gewusst. Die hat sich hauptsächlich um ihre kranke Mutter und die Tochter gekümmert."

Der Inspektor ging wieder ein paar Schritte in Richtung von Fabsits' Wohnzimmer.

„Herr Fabsits, in der heutigen Zeit ist es leider nicht unüblich, dass Menschen außereheliche Beziehungen führen und ihre Partner betrügen“, sagte Sifkovits, der an seine Frau in Kenia denken musste.

Inspektor Sifkovits war sehr vieles nicht, aber eines schon: treu.

„Sie haben recht, Herr Inspektor“, entgegnete Fabsits. „Auch ich habe meine Frau betrogen.“ Er machte eine unnatürlich lange Pause. „Aber nie mit einer Minderjährigen!“

9.

Auf dem Weg zum Weinkeller von Alois Stipsits dachte Sifkovits über die Worte von Roman Fabsits nach. Anscheinend hatte Stipsits eine Beziehung zu einem minderjährigen rumänischen Mädchen gehabt. Ihr Name war Valea, mehr wusste Fabsits nicht. Außer, dass die Beziehung zu Valea Mitte 1988 beendet war. Die Familie von Valea wusste nichts von dem Verhältnis zu dem Weinbauern und Fabsits hegte den Verdacht, dass Valea die Zuwendung des Verstorbenen nicht immer ganz freiwillig duldete. Valea dürfte zu diesem Zeitpunkt etwa 14 Jahre alt gewesen sein. Sie sah deutlich älter aus, versprühte aber dennoch eine kindliche Aura. Plötzlich war sie dann verschwunden. Eine große Suchaktion der rumänischen Polizei brachte keine Ergebnisse. Es wurde vermutet, dass sie geflüchtet war, um anderswo ein neues und vor allem besseres Leben zu beginnen. Bis heute hatte man von Valea nichts mehr gehört. Der Mann mit dem Klaviergebiss meinte auch, dass Valea in Österreich bei Stipsits gewesen sein könnte. Stipsits' Frau war zu dieser Zeit kaum zugegen, da ihre kranke Mutter ihre volle Unterstützung brauchte. Noch dazu gab es die kleine Bettina und das Haus der Familie Stipsits befand sich in Bau. 1988 wurde das Haus fertiggestellt.

Sifkovits' Peugeot kam mit abscheulichen Schleifgeräuschen vor dem Weinkeller zum Stehen. Vorerst musterte der Inspektor den Keller. Es war ein dunkler Raum mit sechs Fässern. Der Gärgas-Ventilator lief. Der Raum sah aus, als wäre nichts passiert. Der Boden unter seinen Füßen gab keine Auskunft darüber, dass noch vor zwei Tagen ein lebloser Körper auf ihm gelegen war. Die Stimmung in dem Raum hatte etwas Bedrückendes und das schummrige Licht unterstrich diesen Umstand. Der Inspektor verließ den Keller und stapfte in Richtung des kleinen Zimmers darüber. Der Schlüssel befand sich an jener Stelle, die Fabsits beschrieben hatte.

Das Zimmer war schlicht und schmucklos. Ein Bett, ein Kühlschrank, eine kleine Spüle und der Abreißkalender. Er zeigte das Datum des Tages vor dem Tod von Alois Stipsits. Er hatte das Blatt also nicht abgerissen. Oder war er an jenem Tag gar nicht in dem Zimmer gewesen? In der Spüle standen zwei schmutzige Weingläser. Am Glasboden war der Rotwein bereits eingetrocknet.

Auf Sifkovits' Handy kamen zwei SMS, die auf zwei Anrufe in Abwesenheit hindeuteten. Er kannte die Nummer und rief zurück.

„Warum haben Sie Ihr Handy ausgeschaltet?", wollte Taschner wissen.

„Verzeihung, Herr Oberst, ich war vielleicht an einem Ort ohne Empfang", versuchte sich der Inspektor zu rechtfertigen.

„Ein Polizist muss immer erreichbar sein. Merken Sie sich das!"

„Ja, merk ich mir."

„Wie sieht es mit dem Hühnerdiebstahl in Olbendorf aus?", wollte sein Vorgesetzter wissen.

„Gut. Ich verfolge eine Spur, die sich mehr oder weniger als heiß herausstellen könnte."

„Mehr ist mir lieber!"

Taschner wollte also bald Ergebnisse sehen.

„Herr Oberst, wenn Ihnen ‚mehr' lieber ist, dann würde ich dementsprechend noch um ‚mehr' Zeit bitten."

Am anderen Ende der Leitung war es still.

„Herr Oberst?", fragte Sifkovits nach einigen Sekunden.

„Sparen Sie sich Ihren Zynismus, Herr Sifkovits. Ergebnisse. Bald. Und keine Ermittlungen im Fall Stipsits. Verstanden?"

„‚Mehr' als das, Herr Oberst."

Sifkovits konnte sich diese Bemerkung nicht verkneifen.

Taschner legte auf.

Der Inspektor blickte auf sein Handy. Der Empfangsbalken lag etwa in der Mitte. Draußen ging der Balken nach oben. Je mehr Sifkovits in Richtung Keller ging, desto schwächer wurde das Signal. Vor dem Keller war es nur mehr ein Strich, im Keller war er gänzlich verschwunden. Sifkovits versuchte, vor dem Keller seine Mutter zu erreichen. Das Telefon konnte keine Verbindung aufbauen.

Kurz bevor Sifkovits ins Auto stieg, fielen ihm die Fußspuren ein. Er ging zurück an jene Stelle, wo er sie einen Tag zuvor entdeckt hatte. Sie waren noch da, zwar mit weniger Profil, aber sichtbar. Miss Piggy dokumentierte die Spuren für die Ewigkeit. Der Verursacher dieser Spuren musste ein großer Mensch gewesen sein. Sicher über 1,90 Meter groß. Also auf keinen Fall der Verstorbene, der vielleicht 1,67 Meter maß. Das Volumen der Abdrücke deutete auf eine Schuhgröße von etwa 47, 48 hin.

Ad hoc fiel Sifkovits ein Mann ein, auf den diese Größe passen könnte. Er hatte ihn einen Tag zuvor kennengelernt. Sein Name war Markus und er verkaufte Uhudler.

10.

Es war bereits kurz nach 17.00 Uhr, als Sifkovits das Weingut Priela erreichte. Eilig betrat er das verglaste Büro des Weinbauern, denn gegen Abend hatte der Inspektor bereits andere Verpflichtungen. Er musste mit seiner Mutter nach Olbendorf fahren, um dort im Gasthaus Javorics Schnitzel für das Abendessen zu besorgen. Laut seiner Mutter waren das die besten Hühnerschnitzel im ganzen Südburgenland.

„Die werden in Schmalz herausgebacken, so wie sich das gehört", hatte Baba gesagt.

Markus Priela war ein großer, attraktiver Mann um die 1,95 Meter. Er stand in seinem modernen Büro und unterzeichnete gerade ein paar Unterlagen, die ihm eine Mitarbeiterin vorbereitet hatte. Lebhaft und fast kunstvoll setzte er seine Unterschrift unter die Papiere. Er benutzte für diesen Vorgang eine edle Füllfeder, die er in der linken Hand hielt. Das verglaste Büro eröffnete einen beeindruckenden Blick auf das umliegende Hügelland. Lediglich die Wand hinter Prielas Schreibtisch war nicht aus Glas. Unzählige Auszeichnungen, Belobigungen und Urkunden fanden darauf Platz.

Sifkovits stand stumm in der Nähe der Eingangstür, um Markus Priela nicht bei seiner Arbeit zu stören. Als der Weinbauer den verschrobenen Gast sah, bat er ihn, näher zu kommen.

„Grüß Sie, Herr Inspektor. Ist der Wein schon leer?", fragte Priela.

„Guten Tag, Herr Priela."

Sifkovits kam näher.

„Noch nicht ganz, aber der Likör ist wirklich ausgezeichnet."

„Ja, wir bemühen uns. Bitte nehmen Sie Platz."

Er deutete mit der Hand auf einen Stuhl.

„Herr Priela, ich möchte Sie nicht bei der Arbeit stören …"

„Nein, Sie stören überhaupt nicht!"

Schwungvoll drehte sich Priela zu seiner Mitarbeiterin.

„Susanne, bringen S' dem Inspektor ein Glaserl Uhudler-Likör", sagte er.

„Nein, danke, Herr Priela, ich bin im Dienst", wehrte Sifkovits ab.

„Na, umso besser. Dann ist die Arbeit gleich leichter zu ertragen."

Mühevoll versuchte der Inspektor, dem Weinbauern zu erklären, dass es wirklich nicht gehe und er sich an die Vorschriften halten müsse.

„Ich nehme nur ein heißes Wasser. Den Tee habe ich selber mit."

„Sie haben den Tee selber mit?", zeigte sich Priela offenbar beeindruckt. „Das finde ich gut. Ich habe meinen Wein auch immer dabei, wenn ich wo zu Gast bin. Um die Leute zu überzeugen. Meistens kaufen sie dann auch bei mir. Sie haben schon viel vom Geschäft verstanden. Welchen Tee trinken Sie denn?"

„Käsepappeltee", antwortete Sifkovits.

Priela runzelte die Stirn.

„Verstehe. Also wenn ich das verkaufen würde, wäre mein Unternehmen schon pleite."

Priela schmunzelte über seine eigene Bemerkung.

„Sie haben ein ausgesprochen schönes Büro, Herr Priela.

Durch das viele Glas wirkt der Raum sehr freundlich und einladend. Also, wenn ich da an unser Büro in Eisenstadt denke. Der Raum ist nicht schiach im klassischen Sinn, sondern das Licht steht ihm einfach nicht so gut."

Verschmitzt lächelte Priela über die Aussagen des Inspektors. „Ich verstehe Sie, Herr Sifkovits. In meinem Beruf achtet man penibel auf die Etikette. Der Uhudler kämpft nach wie vor mit seinem Image. Heckenklescher, Hirnprölla, Abwaschwasser und Schädlwehsirup sind noch die harmlosesten Vorurteile, gegen die wir zu kämpfen haben. Sie kennen sicher den Witz: Fragt ein Kunde den Uhudler-Bauern: ‚Haben Sie immer so schlechten Wein?' Darauf der Uhudler-Bauer: ‚Nein! Am Dienstag haben wir Ruhetag.'"

Sifkovits musste lachen. Priela nicht. Augenblicklich versuchte der Inspektor, seine Lippen wieder nach unten zu ziehen.

„Ist ok, Herr Inspektor. Am Anfang fand ich den Witz auch amüsant. Ich habe ihn nur öfter gehört als ‚Darf's a bissl mehr sein?', wenn Sie verstehen, was ich meine."

Sifkovits nickte.

„Ich habe mir zum Ziel gesetzt, den Uhudler in ein edleres Licht zu rücken. Natürlich wird dieser Wein nie ein Château Haut-Brion aus Bordeaux werden, aber die Geschichte hinter unserer Traube, die Philosophie des Uhudlers, hat durchaus ihre Berechtigung, im Weingeschäft ihre Relevanz einzufordern."

Die Erklärung des Uhudler-Bauern war für Sifkovits nachvollziehbar.

„Ich verstehe Sie, Herr Priela. Es verhält sich ähnlich wie beim Käsepappeltee. Entweder man hasst ihn oder man liebt ihn", meinte der Inspektor.

„Ohne Ihnen nahetreten zu wollen, Herr Inspektor, aber ich glaube, beim Käsepappeltee ist die Hater-Gruppe noch etwas größer als bei uns. Wenn ich so etwas trinke, habe ich quasi einen Shitstorm im Mund. Wir hingegen haben bereits eine Trendwende eingeleitet und sind auf dem besten Wege, dass dieser Shitstorm beim Uhudler zu einem Orgasmus wird."

Schlürfend lauschte der Inspektor.

„Obendrein produzieren wir noch viele andere Produkte aus unserer Traube. Der Uhudler ist schon längst nicht mehr nur etwas zum Trinken", führte Priela weiter aus.

„Ich weiß", sagte Sifkovits, „man schmiert sich die Uhudler-Creme ins Gesicht und hat danach einen Vollrausch."

Diesmal musste Priela lachen.

„Entschuldigen Sie die Bemerkung. Man merkt, dass Sie eine Liebe zu Ihrem Produkt entwickelt haben. Hat das der Alois Stipsits auch so gesehen?", fragte der Inspektor.

„Nein. Das glaube ich nicht. Der Alois Stipsits ist Ende der 80er eingeschlafen und nicht mehr aufgewacht. Wenn der Wind der Veränderung weht, bauen die einen Mauern und die anderen Windmühlen."

Sifkovits verstand, was ihm der junge Weinbauer sagen wollte. Immer wieder war er mit Menschen konfrontiert, die neue Entwicklungen nicht anerkennen wollten. Einen kannte der Inspektor besonders gut: sich selbst.

Wie viele Menschen haben sich im Laufe der Geschichte schon geirrt? „Ein Handy ohne Tasten wird nicht funktionieren", „Niemals werden die Menschen so blöd sein, in ein Möbelhaus zu gehen, um sich dann die Möbel daheim selbst zusammenzubauen", „Wie heißt ihr? Beatles? Eure Musik wird sich nicht durchsetzen."

„Wie war denn Ihr Verhältnis zu Alois Stipsits?“, fragte der Inspektor.

Priela verzog leicht den Mund und zog kurz seine Schultern nach oben.

„Gut. Wie Sie vielleicht wissen, hat mein Vater mit Alois Stipsits zusammengearbeitet. Wir waren natürlich alle bestürzt über den tragischen Tod. Leider kamen solche Unfälle schon öfter vor. Gerade früher, als die Sicherheitsbestimmungen noch in den Kinderschuhen steckten. Ich persönlich habe sehr viel in Sicherheit investiert. Bei uns im Presshaus kann so ein Unfall faktisch nicht passieren.“

„Fairerweise muss man sagen, dass der Weinkeller von Herrn Stipsits schon sehr alt ist.“

„Stimmt. Er hätte aber Geld in die Hand nehmen können, um den Sicherheitsstandard etwas anzupassen. Mein Vater wollte das immer.“

„Ihr Vater und Herr Stipsits haben diesen strohgedeckten Weinkeller früher gemeinsam betrieben?“, fragte Sifkovits ein wenig naiv.

„Richtig. Der Weinkeller war natürlich ein repräsentatives Aushängeschild für die beiden. Aber nach dem Tod von meinem Vater war ich ganz froh, dass der alte Stipsits den Keller übernommen hat. Ich hätte ja gar keine Zeit gehabt, mich darum zu kümmern.“

„Da gab es also gar keine Reibereien?“, fragte der Inspektor nach.

„Nein.“

Sifkovits wusste, dass Markus Priela nun eine Lüge erzählte.

„Wäre der Keller nicht eigentlich Ihnen zugestanden?“

„Ja. Aber ich habe freiwillig darauf verzichtet.“

Auch dieser Aussage schenkte der Inspektor wenig Glauben.

„Gab es eine Konkurrenz zwischen Ihnen und Alois Stipsits?"

Der junge Priela erhob sich von seinem Sessel und blickte auf das Hügelland. Er verschränkte seine Arme hinter seinem Rücken. Sifkovits blickte auf seine Schuhe. Die Größe würde passen.

„Na ja, was heißt Konkurrenz? Nein ..., ich meine, natürlich, in einem kleinen Ort mit zwei Bauern, die dasselbe Produkt herstellen, gibt es immer wieder kleinere Revierstreitigkeiten, aber von Konkurrenz würde ich nicht sprechen. Als ich dann den Betrieb letztlich übernommen habe, wurde exorbitant ausgebaut. Neue Geschäftsfelder wurden gesucht. Wir haben auch viel mehr auf Marketing und Werbung gesetzt. Etwas, das der Herr Stipsits – Gott hab ihn selig – nicht in diesem Umfang gemacht hat."

Sifkovits stellte sich neben den Weinbauern. Die langsam untergehende Sonne warf mildes Licht auf die Landschaft. Zu den Füßen der beiden Männer lag das Dorf Burgau. Für einen kurzen Moment schien es auf der Welt friedlich zu sein. Sifkovits musste diesen Frieden stören, da er bereits zwei Anrufe in Abwesenheit von seiner Mutter am Handy hatte.

„Wann haben Sie Herrn Stipsits zum letzten Mal gesehen?", wollte er vom jungen Priela wissen.

„Vor circa einer Woche. Ich besuchte ihn in seinem Keller, wir haben kurz geredet."

„Worüber?"

„Wird das jetzt ein Verhör?"

Priela drehte sich zum Inspektor.

„Nein. Ich brauche das nur für meinen Bericht, weil ich als Polizeibeamter zufällig am Fundort des Toten gewesen bin", log Sifkovits.

Priela gab sich Gott sei Dank mit dieser Erklärung zufrieden.

„Soweit ich mich erinnern kann, ging es bei dem Gespräch um eine Idee, Weinbauern aus ganz Europa, die Direktträgerwein produzieren, einzuladen, um eine Wein-Messe zu veranstalten. Ähnlich wie das die Olivenölbauern in Triest machen. Stipsits hatte gute Verbindungen in den Osten. Dort wird ebenfalls sehr viel Direktträgerwein produziert."

„Klingt nach einer guten Idee", meinte Sifkovits. Auf die Frage, ob es bei dem Gespräch zu einem Streit gekommen sei, antwortete der Weinbauer mit Nein. Das war eine Lüge zu viel, dachte der Inspektor. Sein Handy läutete erneut. Ohne auf das Display zu achten, nahm der Inspektor ab.

„Ja, Mama? ... Ich bin gleich da ... Von mir aus können sie gerne mitfahren. Bis gleich."

Sifkovits würde also nicht nur seine Mutter nach Olbendorf zum Gasthaus Javorics mitnehmen müssen, sondern auch die Hilda und die Resl.

„Ich muss leider gehen, Herr Priela. Danke für Ihre Zeit."

„Keine Ursache, Herr Inspektor."

Die Männer schüttelten einander die Hände. Priela hatte einen kräftigen Händedruck.

„Eines noch ..."

„Ja, Herr Inspektor?"

„Wo waren Sie vorgestern ab 21.00 Uhr?"

Priela kam auf den Inspektor zu.

„Warum? Werde ich verdächtigt? Ich dachte, es war ein Unfall!"

„War es auch. Ist nur für meinen Bericht."

Diesmal merkte Priela, dass der Inspektor nicht die ganze Wahrheit sagte.

„Ich war in meinem Heurigen und habe vorbereitet. Kurz nach Mitternacht war ich zu Hause. Meine Frau kann das bestätigen."

„Vielen Dank. Auf Wiedersehen. Hier meine Karte, falls Ihnen noch etwas einfallen sollte."

Priela nahm die Karte an sich und stutzte.

„Die habe ich schon", sagte er, „es ist nämlich meine eigene!"

„Oh, Verzeihung, das ist mir schon einmal passiert", entschuldigte sich der Inspektor. Er kramte umständlich in seiner Hosentasche, bis er endlich die richtige Karte fand.

„Macht nix, Herr Inspektor. Ich begrüße es, wenn Sie meine Karten austeilen."

„Danke für Ihre Zeit."

Sifkovits verließ das Büro. Priela blieb noch stehen und blickte weiter aus dem Fenster. Sein Gesicht nahm einen nachdenklichen Ausdruck an. Er war so in seine Gedanken versunken, dass er Sifkovits gar nicht bemerkte, als dieser noch einmal ins Büro zurückkam.

„Entschuldigung."

Priela erschrak beim Anblick des Mannes in der grauen Weste beinahe.

„Bitte. Was noch?"

„Sie waren in Ihrem Heurigen, obwohl es geregnet und gehagelt hat?"

„Ja. Bei uns kann man auch drinnen sitzen", antwortete Priela mit leicht zynischem Unterton.

„Haben Sie Handyempfang in Ihrem Heurigen?"

„Ja, überall!“ Der zynische Unterton wurde stärker.

„Danke. Auf Wiedersehen.“

Verdutzt sah Priela dem Inspektor nach. Er wartete, bis der grüne Peugeot davonfuhr, dann ging er zurück zu seinem Schreibtisch. Er drückte eine Taste auf dem Telefon. Eine weibliche Stimme meldete sich.

„Susanne, schicken S’ mir den Malek rein. Sofort!“

Wenige Minuten später stand ein Mann in Arbeitsmontur in Prielas Büro. Der Weinbauer legte seine Hand auf die Schulter des Mannes.

„Malek, ich brauche deine Hilfe!“ Es klang nicht wie eine Bitte, sondern wie ein Befehl.

„Ja, Chef. Immer. Wie helfen?“, sagte Malek in gebrochenem Deutsch. Er war gerade dabei, seine Deutschkenntnisse im Zuge eines Abendkurses zu vertiefen. Malek machte große Fortschritte. Das Wort „Alibi“ hatte er aber bis dato noch nie gehört.

11.

Ein voll besetzter Peugeot 206 kam mit Abscheu erregenden Schleifgeräuschen vor dem Gasthaus Javorics in Olbendorf zum Stehen. Es war bereits 18.37 Uhr und Sifkovits hatte sich die ganze Fahrt über anhören können, dass sie längst zu spät wären. Noch dazu kannten seine Mutter und die weiteren Insassinnen zu jeder Stelle auf der Strecke eine tragische Geschichte.

„Da musst du langsam fahren, denn genau in dieser Kurve ist vor zehn Jahren ein Autofahrer ins Schleudern gekommen. Durch den harten Aufprall an einem Strommasten ist er durch die Windschutzscheibe aus dem Fahrzeug geschleudert worden und wurde von dem direkt daneben gelegenen Metallzaun aufgespießt. Gott sei Dank war der Gemeindearzt just in diesem Moment auf Hausbesuch bei der Familie mit dem Gartenzaun und so konnte der Mann rechtzeitig gerettet werden."

An einer anderen Stelle, vermochte sich Frau Grandits zu erinnern, spazierten einmal Schafe über die Straße. Ein Auto musste im letzten Moment ausweichen und krachte direkt in den daneben gelegenen Eissalon. Drei der vier Besucher im Eissalon konnten sich gerade noch in Sicherheit bringen, doch die vierte Person konnte nicht mehr ausweichen. Fast wäre sie an einem Schlumpfeis erstickt, aber Gott sei Dank löste das ruckartige Eindringen der Tüte in den Hals einen Brechreiz aus und so wurde nur der in der Ecke sitzende Hund von dieser Person vollgespieben.

Frau Resetarits meinte hingegen etwa alle 150 Meter: „Da musst langsam fahren, Schiffi, weil da stehen's immer. Ich wurde einmal mit meinem Mann von der Polizei hier aufgehalten. Er war blunzenfett. Der Polizist war Gott sei Dank einer von der menschlichen Sorte; die soll es ja auch geben. Er hat meinen Mann gefragt, ob seine Frau nach Hause fahren könne. Mein Mann hat das bejaht. Als er zu mir kam, sagte er ganz leise: ‚Frag nicht! Setz dich einfach ans Steuer und fahr.' Ich habe keine Fragen gestellt und bin einfach gefahren. Zum Glück. Weil ich war auch blunzenfett."

„Und sie hat auch keinen Führerschein", fügte Sifkovits' Mutter hinzu.

Sifkovits hielt vor dem Gasthaus. Resolut und zielstrebig stiegen die drei älteren Damen aus dem Wagen.

„Soll ich mitkommen?", fragte Sifkovits.

„Nein, Spatzl. Du kannst den Motor laufen lassen. Die Schnitzel sind bestellt. Wir sind gleich wieder da", sagte seine Mutter, ehe sie mitsamt ihrer Clique durch die Eingangstür schritt.

Nach 17 Minuten stellte Sifkovits den Motor ab.

Nach 39 Minuten stellte Sifkovits den Motor wieder an. Baba und die anderen Damen hatten noch ein „wenig" mit Alfred, dem Besitzer, getratscht.

Die Schnitzel dampften noch, als der grüne Peugeot die Heimreise antreten wollte. Die Scheiben beschlugen sich von innen. Ein himmlischer Geruch aus Fett und Erdäpfelsalat machte sich im Wagen breit. Das Gasthaus Javorics war nur mehr klein im Rückspiegel zu sehen, als plötzlich Sifkovits' Mutter einen abrupten Stopp einleitete.

„Bleib stehen!", rief sie.

Sifkovits trat hastig auf die Bremse.

Ein Teil von Frau Grandits' Pommes frites lösten sich aus

der Styroporverpackung und landeten im Ablagefach vor dem Ganghebel.

„Was ist los?", fragte er.

„Fahr kurz zurück. Da hinten wächst eine Gundelrebe", befahl seine Mutter.

Die Gundelrebe ist ein ganz besonders hübsches Kraut, heimlicher Liebling aller Kräuterhexen, was auf seine Mutter zutraf.

„Wieso brauchst du das jetzt? Die Schnitzel werden kalt. Fahr ma", versuchte Sifkovits Baba zu überzeugen.

„Für meine Soßen brauche ich das. Wenn ich Rindfleisch koche. Außerdem hilft es mir gegen meine Bronchitis, und wenn ich schwer aufs Klo gehen kann, wirkt es auch Wunder."

„Nimm mir auch was mit!", sagte Frau Grandits.

„Mir auch", stimmte Frau Resetarits in den Kanon ein.

Dem Inspektor blieb nichts anderes übrig, als erneut zu warten.

Während Barbara Sifkovits an der Rückseite des Gasthauses eifrig Gundelrebe zupfte, bemerkte sie plötzlich eine Person, die auf den Hintereingang zuschlich. Irgendetwas schien da im Gange zu sein. Sie presste sich an die Hausmauer und hörte heimlich mit.

„Wie viele hast du heute für mich, Kikki?", sagte eine Stimme.

„Fünf. Aber wir müssen etwas reduzieren. Mein Mann hat schon die Polizei verständigt", sagte eine andere Stimme.

„Geh. Wegen so was kommen die doch nicht gleich", sagte Stimme Nummer eins.

„Doch. Es war schon einer von der Kriminalpolizei bei uns. Komischer Typ. Eher harmlos. Hat nur Tee getrunken", sagte die Stimme Nummer zwei.

„Mach dir keine Sorgen, Kikki."
„Hast recht. Da wird nix rauskommen!"
Kikki sollte sich täuschen.

12.

„Entschuldige, Mama, ist das dein Ernst?"

Sifkovits konnte nicht glauben, was ihm seine Mutter soeben erzählt hatte. Sie saßen in Babas Küche in Stinatz und verspeisten ein lauwarmes Hühnerschnitzel. Dazu gab es Pommes und Erdäpfelsalat. Zugegeben, Reis wäre dem Inspektor lieber gewesen, zwecks der Diversität, aber in Bezug auf seine Mutter hatte er mit Kompromissen zu leben gelernt. Weil sie es ja gut meinte. Das Wort Salat wurde dieser mit Zucker aufgepumpten Erdäpfelpampe nicht ganz gerecht. Salat blieb Salat. Aus der Sicht seiner Mutter stellte ein Salat die gesunde Komponente eines Essens dar. Dabei war es vollkommen egal, ob Rucola-, Karotten- oder Nudelsalat. Der Inspektor saß an jenem Platz, auf dem er schon als Kind immer gegessen hatte. Im Eck direkt unter dem Herrgottswinkel. Mittlerweile waren zur Marienstatue und dem gekreuzigten Heiland noch einige Rosenkränze und die Parte seines Vaters hinzugekommen. Dafür hatte seine Mutter einen Satz aus dem Johannesevangelium gewählt:

„Ich gehe, um einen Platz für euch vorzubereiten."

Im Tischherd flackerte ein Feuer, denn um diese Jahreszeit musste man in nicht isolierten Häusern heizen. Es roch nach Birke in der gemütlichen, aber vollgeräumten Küche.

„Ja, sicher, ich bin mir ganz sicher", sagte Sifkovits' Mutter. „Ich habe es laut und deutlich gehört."

Freudig sprang ihr Sohn auf. Er stieß sich den Kopf an dem Brett auf dem die heilige Maria stand. Diese wackelte kurz, fiel aber nicht zu Boden, sondern kam nach offenbar reiflicher Überlegung wieder zur Ruhe.

„Mama! Ich liebe dich. Du bist ein Genie", frohlockte der Inspektor.

„Ich weiß. Aber leider muss ich manche Familienmitglieder immer wieder davon überzeugen."

Zufrieden setzte sich Sifkovits wieder hin.

„Kann ich noch ein Schnitzel haben? Jetzt schmecken sie mir gleich viel besser."

„So viel du willst."

Baba öffnete das Backrohr ihres Tischherdes. Darin befand sich ein Reindl, in dem sie die Schnitzel warmhielt.

Baba klatschte ein weiteres vor Schmalz triefendes Stück auf den Teller ihres Sohnes.

„Spatzl, nur dass du es weißt: Ich weiß nicht, worüber die beim Javorics gesprochen haben. Ich weiß nur, dass es um was Illegales ging."

Sifkovits stopfte sich ein großes Stück in den Mund.

„Egal, Mama. Ich weiß, worum es geht!"

Zufrieden nahm er noch weitere Pommes und den „gesunden" Salat.

„Bist du am Sonntag noch da?", fragte seine Mutter.

„Ja, warum?"

„Weil du dann mitgehst in die Messe. Sie wird für den alten Stipsits gelesen."

„Muss das sein, Mama?"

„Ja." Baba machte ihre Position unmissverständlich klar.

„Wann beginnt der Spaß?", fragte Sifkovits.

„Spaß wird es keiner sein. Um acht. Der David schläft gern länger. Ich hoffe nur, dass ich keine Fürbitten lesen muss."

David Grandits war der örtliche Pfarrer von Stinatz. Er musste neben seinem Heimatort noch andere Pfarren betreuen, weil es einen großen Pfarrermangel gab. Vor allem auf dem Land. Das Zölibat schreckte viele gläubige Männer ab, in den Dienst der Kirche zu treten.

David und Schiffi waren gemeinsam zur Schule gegangen. Obwohl sich ihre Wege danach getrennt hatten, hielt die Freundschaft bis jetzt. Sifkovits gehörte nach wie vor der katholischen Kirche an. Er zahlte den Kirchenbeitrag, aber keine GIS-Gebühr.

„Ich engagiere mich gern in der Kirche, Spatzl, aber ich tät halt gern einmal eine Messe genießen. Nur zuschauen, nichts machen", klagte Baba.

„Dann sag einfach Nein!"

Seine Mutter schüttelte vehement den Kopf.

„Nein, das geht nicht. Wenn's i ned mach, dann macht's keiner. Wir sind gerade dabei, dank dem David, dass wir unsere Auslastungszahlen in der Kirche wieder Richtung 80 Prozent steuern. Aber diesen Sonntag bleib ich hart. Da kann der David Gift drauf nehmen. Keine Fürbitte wird meinen Mund verlassen."

Im Innenhof von Babas Haus waren Schritte zu hören. Sogleich trat ein sympathischer Mann in die Stube.

„David! Wenn man von der Sonne spricht, sendet sie ihre Strahlen", sagte Baba.

„Grüß Gott, ihr beiden. Was für ein Glück, dass ich euch hier antreffe", grüßte David.

Baba bot ihm einen Platz und ein Schnitzel an. Beides nahm David gerne in Anspruch. Zufrieden kauend lobte er die Qualität der Schnitzel.

„Herrlich. Die sind vom Javorics, stimmt's?"

Mutter und Sohn nickten.

„Das sind die besten Hühnerschnitzel im Südburgenland", stellte David erfreut fest.

Sifkovits' Mutter konnte langsam, aber sicher den Braten riechen.

„Bist du wegen dem Essen da, David?"

Der Pfarrer legte seine Gabel beiseite.

„Gut, dass du das ansprichst, Baba. Darf ich dir übrigens ein Kompliment machen? Du siehst heute ausgesprochen jung aus!"

„Weiter ...!", forderte Baba David auf.

Der Pfarrer faltete seine Hände.

„Baba, lass mich mit einem Zitat aus der Bibel beginnen: Wenn deiner Brüder irgend einer arm ist in irgend einer Stadt in deinem Lande, das der HERR, dein Gott, dir geben wird, so sollst du dein Herz nicht verhärten, noch deine Hand zuhalten gegen deinen armen Bruder, sondern sollst sie ihm auftun und ihm leihen, nach dem er Mangel hat ..."

„Danke, das reicht, David", wurde der Pfarrer von Frau Sifkovits unterbrochen.

„Wie viele Fürbitten soll ich lesen?"

„Drei", kam die Antwort wie aus der Pistole geschossen.

„Gut. Mache ich. Mein Sohn kommt auch mit."

„Was? Ich habe noch gar nicht zugesagt", versuchte Sifkovits abzuwehren.

„Der David würde sich freuen, oder?"

„Und wie!"

Begeistert griff sich der Pfarrer noch ein Schnitzel.

„Magst du auch eine Fürbitte lesen?", fragte Schiffis alter Schulfreund mit vollem Mund.

Der Inspektor überlegte kurz. Dann blickte er zu seiner Mutter.

„Spatzl, wir sind eine Familie."

Seufzend bejahte der Inspektor.

„Wunderbar. Wie viele? Auch drei?", fragte David.

„Nur eine."

„Zwei."

„Deal!"

Baba legte einige Scheite Holz nach. Schnell breitete sich Wärme in dem kleinen Raum aus.

„Wann wird denn der alte Stipsits begraben?", fragte der Inspektor. „Am Dienstag."

„So spät?", zeigte sich Sifkovits überrascht.

„Schiffi, ich komme mit meiner Arbeit nicht mehr nach. Sobald es draußen dunkler wird, sterben's wie die Fliegen. Das ist aber erst der Anfang, dreimal umfallen und wir sind in der Adventszeit. Du kannst dir gar nicht vorstellen, wie viele Vanillekipferl ich dann essen muss. Jeder macht eine Adventsfeier, überall muss ich dabei sein und mir ihre Geschichten anhören. Ich mach es gern, aber spätestens am zweiten Adventssonntag stauben mir die Kipferl bei den Ohren raus. Wie oft habe ich schon reingebissen und mir gedacht, es sei eine Stelze."

David hatte es also auch nicht leicht.

„Wo liegt denn der alte Stipsits jetzt?"

„Im Kühlhaus in Stegersbach", antwortete David, während er sich ein drittes Schnitzel auf den Teller hievte.

„Hast du da Zutritt?"

„Ja. Als Pfarrer schon."

„Kannst du mich da auch reinbringen?", fragte Sifkovits.

„Nein."

„Warum nicht?"

„Weil es verboten ist, Schiffi. Ich als Pfarrer handle nach ethischen Grundprinzipien. Die Totenruhe darf nicht gestört werden."

„Glaubst du, dass es dem alten Stipsits noch etwas ausmacht?"

„Schiffi, darum geht es nicht …"

„Sondern worum?", fragte der Inspektor nach.

„Laut Gesetz wird bestraft, wer eine Aufbahrungsstätte, Beisetzungsstätte oder öffentliche Totengedenkstätte zerstört oder beschädigt oder wer dort beschimpfenden Unfug treibt."

„Ich will nichts zerstören, noch werde ich den alten Stipsits beschimpfen, ich möchte ihn mir nur anschauen."

Auch das konnte David nicht überzeugen.

„David, du hast gerade vorhin etwas gesagt von ‚Herz nicht verhärten und seinen Brüdern helfen'."

David Grandits sagte die folgenden Sätze wie auswendig gelernt und ohne Pause. Er holte dabei kaum Luft.

„Ich werde dir jetzt einmal was sagen, Schiffi. Als Pfarrer habe ich mich an Kirchengesetze zu halten. Zur Erfüllung des Hirtenauftrags in einer Pfarre, der die volle Seelsorge mit einschließt, ist die Ausübung des Priesteramtes unbedingt erforderlich. Außer der kirchlichen Gemeinschaft verlangt daher das Kirchenrecht als Erfordernis für die gültige Ernennung eines Pfarrers ausdrücklich den Empfang der Priesterweihe. Auf dem Pfarrer lastet, wie es offensichtlich ist, aus einer wirklichen Hirtenliebe heraus die Pflicht zur aufmerksamen und zuvorkommenden Aufsicht, neben der Ermutigung über alle und jeden einzelnen Mitarbeiter. In manchen Ländern mit verschiedenen Sprachgruppen von Gläubigen, trägt, sofern nicht eine Personalpfarre oder eine andere geeignete Lösung geschaffen wurde, der Pfarrer der Territorialpfarre als der eigenberechtigte Hirte Sorge, die besonderen Bedürfnisse seiner Gläubigen zu respektieren, auch in Hinblick auf ihre spezifischen kulturellen Eigenheiten. Die Totenruhe ist daher unantastbar."

David atmete aus. Sein Kopf war röter als das Ketchup auf seinem Teller.

„Ok, ich hab's verstanden. Wann fahren wir?", fragte der Inspektor.

„Jetzt gleich!"

„Wartet", hielt Baba die beiden Freunde zurück. „Nehmt's euch noch ein paar Schnitzel für die Fahrt mit."

Mit Schnitzel in Alufolie bewaffnet, verließen die beiden Männer die gut geheizte Stube.

Zwölf Minuten später blickte Sifkovits auf eine männliche Leiche.

13.

Man konnte es drehen und wenden, wie man wollte, aber Leichenhäuser wirkten nicht sonderlich einladend. Vor allem in Anbetracht der Tatsache, dass früher oder später fast jede beziehungsweise jeder einmal in so einem Haus liegen wird.

Alois Stipsits lag in Fach neun. Sifkovits streifte sich ein paar Latexhandschuhe über und begutachtete den Leichnam. Unterdessen unterhielt sich David mit dem Portier. Er hatte Sifkovits unbemerkt durch den Hintereingang hineingeschmuggelt. Dieser stand so gut wie immer offen, da der Portier ein starker Raucher war. „Lass dir nicht allzu viel Zeit. Wenn dich hier drinnen jemand erwischt, habe ich große Probleme", waren Davids Worte.

Sifkovits konnte nichts Ungewöhnliches an der Leiche feststellen. Die Kopfwunde vom Sturz erschien ihm plausibel. Er schob Alois Stipsits wieder zurück in die dunkle Zelle.

Vorsichtig öffnete Sifkovits den Spind mit der Nummer neun, in dem sich die Kleidungsstücke von Stipsits befanden. Sie waren vollständig. Die Regenjacke, das karierte Hemd, die Gummistiefel und die Jeans, alles war noch da. Sifkovits suchte in den diversen Taschen, wurde aber nicht fündig: Sie waren alle leer. Aber in einer Plastikhülle lagen zwei Ringe: der Ehering des Verstorbenen und ein roter Siegelring. Auf der Innenseite des Siegelrings befand sich eine Gravur:

„Uhudler. Sve do smrti." – „Uhudler. Bis in den Tod." Was für eine Ironie des Schicksals, dachte Sifkovits.

Als der Inspektor die Untersuchung bereits beenden wollte, fiel sein Blick auf den Gürtel des Verstorbenen. Er war, vom Träger aus gesehen, über rechts in die Laschen der

Hose eingefädelt worden. Sifkovits kratzte sich unter seiner Kappe.

Eine SMS riss ihn aus seinen Gedanken. Die SMS war von Markus Priela: „Lieber Herr Inspektor, mein Mitarbeiter Malek kann bestätigen, dass ich zum Todeszeitpunkt von Alois Stipsits in meinem Heurigen gewesen bin. Er war die ganze Zeit bei mir und wir verließen gemeinsam das Lokal. Bei unserem Treffen vergaß ich dies zu erwähnen. Ich hoffe, dass Ihre Zweifel damit ausgeräumt sind. Lieben Gruß, Markus Priela."

Wegen der SMS bemerkte Sifkovits nicht, dass sich von hinten eine Person näherte. Plötzlich spürte er eine Hand auf seinem Rücken und erschrak. Neben ihm stand eine Frau Mitte 50 in der unauffälligen Bekleidung einer Putzfrau.

„Sagen Sie mal, was machen Sie da?"

Sifkovits begann zu stottern. „Ich … äh … ich wollte …" Es fiel ihm spontan keine Ausrede ein.

„Ich rufe sofort die Polizei", sagte die Dame.

„Warten Sie noch kurz", versuchte Sifkovits die Dame aufzuhalten. Ich bin die Polizei, dachte er, sprach es aber nicht aus. „Kennen Sie mich zufällig?" Was Besseres fiel dem Inspektor nicht ein.

„Nicht dass ich wüsste, aber die Polizei wird Ihre Identität schon feststellen."

Verdammt, dachte Sifkovits. Wenn die Polizei jetzt käme, würde seine verdeckte Ermittlung auffliegen und es gäbe sicher einen heftigen Disput mit seinem Vorgesetzten.

„Die Polizei zu rufen ist grundsätzlich immer zu begrüßen", sagte eine Sifkovits bekannte Stimme von hinten.

„Aber, Maria, das wird in diesem Fall nicht notwendig sein. Ich kenne den jungen Herrn. Er steht kurz vor seiner

Primiz und ich wollte ihm zeigen, was ein Pfarrer noch so alles für Aufgaben zu erfüllen hat. Der Kontakt mit einem Verstorbenen ist für den Priesterberuf unumgänglich. Das ist Pater Johannes."

Sifkovits blickte erleichtert in Davids Gesicht.

„Ach so, Herr Pfarrer, das wusste ich nicht. Ich dachte schon, wir hätten es hier mit einem Einbrecher zu tun, denn er sieht wie ein Landstreicher aus."

„Er ist Franziskaner und hat ein Armutsgelübde abgelegt", sagte David überzeugend.

Die Putzfrau musterte Sifkovits.

„Ich verstehe", sagte die Frau.

„Ja, liebe Maria, was soll ich machen? Wir müssen nehmen, was wir kriegen. Johannes, ich glaube, du bist soweit hier fertig, oder?", fragte David.

„Ja, Herr Pfarrer, das bin ich!", spielte Sifkovits mit.

„Gut, dann gehen wir. Grüß Gott, Maria."

„Grüß Gott, Herr Pfarrer. Grüß Gott, Pater Johannes," verabschiedete sich die Dame höflich.

„Ja, genau … äh … Grüß Gott", stammelte Sifkovits.

Als die beiden im Auto saßen, wickelte David ein kaltes Schnitzel aus der Alufolie.

„Wenn du mich noch einmal in so eine Situation bringst, dann kündige ich dir die Freundschaft auf. Hast du das verstanden?", blaffte David.

„Verstanden. Wie kann ich das wieder gutmachen?", fragte Sifkovits.

„Am Sonntag liest du drei statt zwei Fürbitten. Verstanden!?" Dann biss David in sein Schnitzel.

Sifkovits widersprach ihm nicht.

14.

Am nächsten Tag telefonierte Sifkovits mit seinem Vorgesetzten Taschner. Es brauchte etwas Überzeugungsarbeit, um sich noch ein paar Tage Aufschub in Stinatz herauszuverhandeln. Das hatte zum einen mit der Tatsache zu tun, dass Sifkovits einen höchst konkreten Verdacht äußerte, zum anderen mit dem Umstand, dass momentan in Eisenstadt keine Arbeit anfiel. Sifkovits versicherte seinem Vorgesetzten, keine Alleingänge zu unternehmen und sich strikt an die Vorschriften zu halten. Außerdem zeigte sich Taschner überrascht, dass es sich bei dem Hühnerdieb wahrscheinlich um eine Hühnerdiebin handelte. Sifkovits meinte allerdings, er müsste noch ein paar Indizien sammeln, um die Täterin dingfest machen zu können.

Die Kopftuchmafia hatte sich vor Babas Haus am Bankerl versammelt. Erneut wurde über das Thema Zinsen diskutiert. Maikits kehrte den Boden vor seiner Greißlerei. Die Sonne war schwach, aber spürbar. Die dörfliche Ruhe wurde ganz selten von vorbeifahrenden Autos unterbrochen. Der leichte Wind wehte den Geruch von Pilzen aus den umliegenden Wäldern heran. Eine Mischung aus Melancholie und Besinnlichkeit thronte über der Bank. Langsam, aber sicher würden die Gehsteige nach oben gerollt und die Bankerl-Saison würde für beendet erklärt werden. Die lästigen Wespen bereiteten sich auf die letzte Reise vor. Die Nester waren zunehmend verwaist. Paradeiser, Zucchini und Paprika hatten längst schon ausgedient. Die neue Weltordnung oder Naturordnung bestand aus Brokkoli, Kohlrabi, Kürbis,

Roten Rüben und vor allem: Bohnen. „Ich esse Bohnen immer mit Ananas." – „Warum?" – „Meine Frau hört gern Hawaii-Musik." Dialoge wie diese würden bald aus ihrem Winterschlaf gerissen werden. Beim Spar konnte man bereits Weihnachtsbäckereien käuflich erwerben.

Mit einem Käsepappeltee in der Hand setzte sich Sifkovits zu den alten Damen.

„Geh, Schiffi, jetzt trinkst schon wieder des stinkerte Gschloda?"

Frau Resetarits machte einmal mehr klar, was sie von dem Tee hielt.

„Magst ein Bier?", fragte Maikits.

„Nein, danke. Passt alles so", meinte Sifkovits.

„Spatzl, was ist los? Du wirkst so nachdenklich."

Baba machte sich unverkennbar Sorgen.

Sifkovits nahm einen kräftigen Schluck vom Gschloda.

„Ich sag euch, irgendetwas stimmt mit dem Tod vom Alois Stipsits nicht."

„Es war doch ein Mord, gell?", sprach die dicke Frau Grandits.

„Bitte jetzt keine voreiligen Schlüsse", versuchte der Inspektor zu kalmieren, „aber ganz sauber ist der Stipsits nicht gestorben."

„Eh nicht. Er ist ja auch am Boden gelegen. Da wird man dreckig, vor allem in einem Keller."

Die Runde lachte über Maikits' Bemerkung.

„Geh, Spatzl. Was soll daran ein Mord gewesen sein? Weißt du, wie das war: Der alte Stipsits war angesoffen und hat vergessen, den Ventilator einzuschalten."

„Richtig! Wie oft ist das schon passiert!", ergänzte Frau Resetarits.

„Ich weiß. Aber es gibt bei diesem Unfall viele Ungereimtheiten."

Nachdem Maikits den Rest seines Bieres in einem Zug geleert hatte, stieg er wieder ins Gespräch ein.

„Dann, Schiffi, bist du bei uns an der richtigen Stelle. Weil bei Ungereimtheiten und beim Vertuschen sind wir Champions. Wie können wir helfen?"

Genau das wollte Sifkovits. Die Meute mit dem unerreichbaren Fleisch heiß machen.

„Schaut's. Er hat kurz vor neun noch mit seiner Frau telefoniert und hat gesagt, dass er im Weinkeller ist."

„Ja, und? Dann war er halt im Weinkeller", stellte Frau Grandits unbeeindruckt fest.

„Im Weinkeller hat man aber keinen Handy-Empfang."

Frau Resetarits mischte sich ein.

„Na ja, dann war er halt nicht im Keller, sondern im Zimmer über dem Keller. Vielleicht ist dort Empfang."

„Ja, dort hat man Empfang", sagte der Inspektor.

„Na, bitte. Fall gelöst. Magst jetzt ein Bier?", fragte Maikits.

„Ich glaube nicht, dass er in seinem Zimmer war."

„Warum?", fragte seine Mutter.

„Es gibt ein paar Indizien, die dagegen sprechen. Erstens, der Abreißkalender zeigt das Datum einen Tag vor seinem Tod. Er hat das Blatt an jenem Tag nicht abgerissen. Der Roman Fabsits hat mir erzählt, dass der Stipsits das Kalenderblatt immer abgerissen hat, sobald er das kleine Zimmer betrat."

Frau Resetarits runzelte die Stirn.

„Na ja, Schiffi, bei aller Wertschätzung. Ich würde mich nicht darauf verlassen, was der Roman Fabsits sagt. Weißt, was der trinken muss, dass er 0,5 Promille hat?"

Sifkovits verneinte.

„Drei Tag nix!"

Der Inspektor konnte die Einwände nachvollziehen.

„Ja, aber trotzdem, wenn jemand etwas immer macht, ist es ungewöhnlich, dass er es an jenem Tag nicht gemacht hat. Zweitens: Wenn der alte Stipsits in den Weinkeller gegangen ist, hat er die Tür von seinem Zimmer nie zugesperrt. Warum auch? Im Zimmer gab es nichts zu stehlen und der Schlüssel lag ohnehin am Fensterbrett. Also warum sperrt er die Tür wieder zu, wenn er sowieso davon ausgeht, im Zimmer zu übernachten? Und drittens: Warum war kein Schmutz am Boden? Vor der Türe im Eingangsbereich liegt Erde. Bei Regen wird die Erde zu Gatsch. Er hätte also auf alle Fälle Dreck oder Erde mit reingenommen. Der Boden war aber sauber. Versteht ihr meine Bedenken?"

Den Blicken der Anwesenden war zu entnehmen, dass sie dies für eine rhetorische Frage des Inspektors hielten. Einzig seine Mutter versuchte, die Mundwinkel nach unten ziehend, eine Erklärung zu finden.

„Dann hat er halt vor der Tür telefoniert."

„Nein, Mama, das glaub ich nicht. Es hat geregnet. Der Eingangsbereich ist nicht überdacht. Welcher Mensch stellt sich in den Regen, um zu telefonieren?"

Sifkovits konnte sehen, wie alle auf der Bank angestrengt nachdachten. Maikits stoppte seine Kehrarbeiten, um den Zeigefinger seiner rechten Hand zu erheben.

„Aber was is, wenn er im Auto telefoniert hat? Da wär er vorm Regen geschützt gewesen."

„Richtig!", musste Sifkovits eingestehen.

„Na bitte, fragt's mich. Fall gelöst", sagte Maikits mit stolzgeschwellter Brust.

„Aber, lieber Franz, das Auto war nicht im Hagel", sagte der Inspektor. „Wenn ich telefonierend im Auto sitze und es beginnt zu hageln, dann stell ich das Auto sofort unter."

Die ganze Gruppe blickte auf den grünen Peugeot.

„Ok. Vielleicht nicht meines, aber den Audi vom Stipsits schon."

Maikits war sichtlich enttäuscht.

„Schiffi, musst du alle meine Ideen zunichte machen?"

Er warf den Besen in die Ecke, um sich aus seiner Greißlerei ein neues Hopfengetränk zu holen.

„Spatzl, was willst du uns damit sagen?", fragte Baba.

„Er hat woanders telefoniert. Und zwar an einem Ort, wo sein Auto vor dem Hagel geschützt war."

„Franz, nimm mir auch ein Bier mit", rief Frau Resetarits in Richtung von Maikits' Laden.

„Na ja, Schiffi, bei aller Liebe, aber wenn du jetzt alle Orte im Südburgenland suchst, an denen man vor Hagel geschützt ist, dann werden deine Ermittlungen sehr lange dauern. Da wirst du lange in Stinatz sein."

„Was uns alle sehr freuen würde!", ging seine Mutter dazwischen. „Natürlich, aber wahrscheinlich haben wir dann schon wieder Schillinge."

Das Thema Geld ließ Frau Resetarits nicht los.

Maikits kam zur Gruppe zurück. Die Biere waren bereits geöffnet.

„Prost, Hilda."

„Prost, Franz."

„Was ist, Cowboy, trinkst jetzt einen Schluck?", wollte der Greißler wissen.

„Nein, danke. Gibt es beim Heurigen vom jungen Priela Carports?", wollte Sifkovits wissen.

„Ja, auf der Südseite. Nicht viele. Ich schätze ungefähr für zehn Autos", sagte Frau Grandits.

„Geh, Resl, red doch nicht so einen Blödsinn. Maximal sechs haben Platz", korrigierte Baba.

„Groß genug bei so einem Wetter. Danke. Bis später."

Sifkovits stellte seine Tasse ab und ging auf seinen Wagen zu.

„Spatzl, jetzt kannst du nicht fahren. Es gibt bald Essen. Rindfleisch mit einer Kohlrabisauce. Das Fleisch hab ich in der Früh frisch vom Fleischhauer Tinki geholt. Kalt is des nix."

„Ich bin rechtzeitig zum Essen wieder da, Mama."

Mit diesen Worten stieg der Inspektor in seinen Peugeot. Da der elektrische Fensterheber nicht funktionierte, musste er kurz stehen bleiben und die Tür öffnen.

„Wisst ihr, wo ein gewisser Malek wohnt? Angeblich ein Mitarbeiter vom jungen Priela."

Frau Resetarits hatte eine Antwort für den geschäftigen Inspektor.

„In Wörterberg. Feldgasse 38."

„Danke."

Kurz darauf hörte der Inspektor erneut eine Lüge.

15.

„Ja, Chef war ganze Zeit in Heurigen. Ich auch. Bis nach Mitternacht. Dann beide nach Hause."

Malek Sencar saß in seiner Küche und rauchte. Das kleine Häuschen war unaufgeräumt. Man konnte sehen, dass es sich um einen Junggesellenhaushalt handelte.

„Herr Sencar, leben Sie hier allein?", fragte der Inspektor.

„Ja."

„Keine Freundin?"

„Nein. Frau macht nur Probleme. Wenn Frau spricht, Teufel sitzt in Ecke und lernt. Besser allein."

Sencar lächelte ein wenig.

„Sie haben offensichtlich keine guten Erfahrungen gemacht, Herr Sencar."

Sich auf die Oberschenkel klopfend, erhob sich der Inspektor aus dem Plastiksessel, der ihm zuvor angeboten worden war.

„Danke, Herr Sencar."

„Kein Problem."

Sifkovits drehte sich noch einmal um.

„Eine Frage noch: Hat irgendjemand außer Ihnen Zutritt zu Ihrem Haus?"

„Nein."

„Besitzen Sie eine automatische Zeitschaltuhr für Ihr Licht im Haus?"

Sencar verzog das Gesicht.

„Was ist das?"

„Nicht so wichtig. Schönen Tag noch."

Markus Prielas Alibi war eines von der ganz schwachen Sorte. Sifkovits wusste, dass Malek seinen Chef deckte. Denn bevor der Inspektor Malek Sencar besucht hatte, hatte er bei Feldgasse 36, dem Haus direkt neben Malek, geläutet. Frau Dorner konnte bestätigen, dass an besagtem Tag bis mindestens 23.00 Uhr Licht im Hause Sencar gebrannt hatte. Er war also nicht in dem Heurigen bei seinem Chef. Markus Priela hatte offensichtlich etwas zu vertuschen.

Sifkovits' nächster Weg führte nach Burgauberg. Die Tür, an die er klopfte, war dem Inspektor bereits bekannt. Nach kurzer Zeit wurde sie von Mariana Popescu einen größeren Spalt geöffnet.

„Bitte?", sagte die Frau mit leiser Stimme.

„Grüß Gott, Frau Popescu. Entschuldigen Sie die Störung, aber ist Ihr Mann zu Hause?"

„Nein. Einkaufen."

„Verstehe", zeigte sich der Inspektor enttäuscht. „Ja dann ... Auf Wiedersehen, Frau Popescu."

„Mann kommt halbe Stunde."

Plötzlich hatte Sifkovits eine Idee, wie der Besuch doch noch nützlich sein könnte.

„Darf ich trotzdem reinkommen, Frau Popescu?"

„Rein?", fragte die Dame etwas zögerlich.

„Ja, nur für meinen Bericht."

Die Tür wurde zur Gänze geöffnet und Sifkovits trat ein. Er nahm, wie schon beim letzten Mal, im Wohnzimmer Platz und fixierte das Paris-Foto.

„Äh ... Trinken?", fragte Mariana.

„Gern."

„Nur ... äh ... Wasser ... heiß?"

Der Inspektor zeigte sich erfreut über die Merkfähigkeit der Dame. Mariana Popescu verschwand in der Küche. Diesen Moment nutzte Sifkovits, um Miss Piggy zu zücken. Schnell schoss er ein Foto vom Paris-Foto. Danach fischte er sein Handy aus der Tasche und tat so, als würde er telefonieren.

„Ja … klar … mache ich … bin schon auf dem Weg“, sagte er in hörbarer Lautstärke.

Als Mariana aus der Küche zurückkam, lief ihr der Inspektor bereits entgegen.

„Es tut mir sehr leid, Frau Popescu, aber ich muss leider gehen. Ein Notfall. Ich danke Ihnen für die Zeit. Lassen Sie Ihren Mann lieb grüßen. Auf Wiedersehen.“

Sifkovits hastete aus dem Haus. Mariana hörte ein Auto starten und davonbrausen.

36 Minuten später hockten Adrian und Mariana auf ihrer Couch. Die Stimmung war angespannt.

„Wie lange war er da?“, wollte Adrian von seiner Frau wissen.

„Nur ein paar Minuten. Er wirkte nervös.“

„Hat er dir erzählt, worüber er mit mir sprechen wollte?“, fragte Adrian nach.

„Nein. Nichts. Er wollte nur heißes Wasser, dann urplötzlich musste er wieder gehen.“

Adrian verschränkte seine Arme und ließ sich nach hinten in die Polster fallen.

„Worüber denkst du nach?“, fragte seine Frau.

„Ach, über gar nichts!“, wehrte der stämmige Mann ab.

„Lüg mich nicht an! Was, wenn er doch etwas herausfindet?“

„Wird er nicht!“, fiel Adrian Mariana ins Wort. „Verlier jetzt nicht die Nerven. Wir haben keinen Fehler gemacht.“

Mit dieser Behauptung lag er falsch.

16.

Die Orgel donnerte himmlische Töne aus ihren Pfeifen. Ein kroatischer Chor aus Frauen und Männern setzte in beinahe unendlicher Mehrstimmigkeit ein und brachte die Stinatzer Kirche zum Beben. Die Glasfenster in der alten Kirche begannen zu zittern. Die Kirche war bis zum letzten Platz gefüllt. Quasi ausverkauft. So gut wie alle Personen, die mit Alois Stipsits in der letzten Zeit Kontakt gehabt hatten, erwiesen ihm die Ehre. Selbst Roman Fabsits.

Nachdem das Lied zu Ende war und noch einige Nachhuster im Kirchenschiff verhallt waren, drehte sich David Grandits zum Altar.

„Du kehrst zurück zu deinem Schöpfer, der dich aus dem Lehm der Erde gebildet hat. Mögen dir, wenn du dieses Leben verlässt, die heilige Maria, die Engel und alle Heiligen begegnen. Mögest du deinen Erlöser schauen von Angesicht zu Angesicht und dich der Erkenntnis Gottes erfreuen in Ewigkeit. Amen."

Ein gemeinschaftliches Amen durchflutete die Kirche. Sifkovits' Hände begannen zu schwitzen. Er wusste, dass nun bald der Moment kommen würde, sich von der Kirchenbank zu erheben und an das Rednerpult zu schreiten. Seine Mutter machte den Anfang. Eine gute Idee, mit jemand Erfahrenem zu beginnen, denn dann hatten es die nachkommenden Rednerinnen und Redner nicht mehr ganz so schwer. Baba machte ihre Sache erfahrungsgemäß tadellos und das Eis war gebrochen. Als nächste Rednerin war Bettina Stipsits dran. Sie kämpfte sichtlich mit den Tränen und ihre Stimme war brüchig. Nachdem Bettina das Rednerpult verlassen hatte, kehrte eine unbehagliche Stille ein. Eine Stille, als wäre ein Fehler passiert.

„Was ist?", flüsterte Baba.

„Ach so, bin ich dran?", fragte Sifkovits.

Unverzüglich sprang der Inspektor aus der Bank und eilte zum Rednerpult. Er warf David einen Blick zu, der eine Entschuldigung ausdrücken sollte.

Sifkovits faltete den Zettel auseinander und begann zu lesen.

„Gütiger Gott. Bereite Alois jenseits des Regenbogens ein neues Heim. Empfange ihn in Liebe und ruf ihm zu: Willkommen daheim. Begleite ihn durch den Tod hindurch in deine Ewigkeit."

Sifkovits atmete tief durch. Er hatte es geschafft. David Grandits machte plötzlich komische Bewegungen mit seinen Händen. Er flüsterte dem Inspektor leise die Worte „Wir bitten dich erhöre uns" zu.

„Ach so." Sifkovits reagierte sofort. „Wir bitten dich erhöre uns."

Erneut begannen die Fenster zu wackeln, als die Kirchengemeinde Sifkovits' Worte wiederholte.

Als es die Hostie gab, wusste Sifkovits, dass es nicht mehr lange dauern würde. Was für ein Glück, dachte er.

Draußen auf dem Kirchplatz wurden, wie in Stinatz nach einer Messe üblich, noch einige Worte gewechselt, die einerseits den Verstorbenen betrafen, andererseits das bald stattfindende Mittagessen.

Bettina Stipsits kam auf den Inspektor zu.

„Danke für die schönen Worte, Herr Inspektor."

„Gern, Bettina."

„Am Dienstag wird mein Vater begraben, dürfen wir mit Ihnen rechnen?“, fragte Bettina.

„Natürlich.“

„Fein. Bis dann. Schönen Sonntag noch.“

Bettina Stipsits wollte gehen.

„Eine Frage noch, Bettina“, hielt der Inspektor sie zurück.

„Ja? Wollen Sie frischen Käsepappeltee?“

Der Inspektor lachte.

„Das auch, aber war Ihr Vater zufällig Linkshänder?“

„Nein.“

Von hinten war ein „Kommst du?“ von Bettinas Mutter zu hören.

„Bis bald, Herr Inspektor.“

Lisa, die Schwester von Sifkovits, kam auf ihren Bruder zu. Sie war der ganze Stolz der Mutter, weil sie erstens ein Kind hatte, zweitens verheiratet war und drittens fix in Stinatz wohnte. Ihr Mann Hannes war passionierter Fischer. Ihre Ehe war ein Mittel zum Zweck, der ja bekanntlich alle Mittel heiligt.

Lisa war jünger als der Inspektor. Etwas kräftig, aber durchaus attraktiv. Hannes hatte in Stinatz kaum Anschluss gefunden. Er hatte auch eine Art, die nicht jedermanns Sache war. Das Wort „Anwalt“ wurde bei diversen Streitigkeiten mit der Nachbarschaft von ihm recht früh in den Mund genommen. Er war einer dieser Typen, die sich die Ausweise von Caritas-Mitarbeitern zeigen ließen. Lisa mochte ihn trotzdem. Man hatte sich arrangiert.

„Warst ein bissl nervös, Schiffi?“, fragte sie ihren Bruder.

„Ein bisserl schon. Das letzte Mal hab ich Fürbitten gelesen, als der Papa gestorben ist.“

Lisa legte ihre Hand auf Sifkovits’ Schulter.

„Du hast es ordentlich gemacht. Steht dir irgendwie gut, das Klerikale."

Der Inspektor wusste, dass seine Schwester diesen Satz ironisch meinte.

„Ich hab dem David einen Gefallen getan. Das war alles", sagte er.

In diesem Moment torkelte Bauer, der Dorfalkoholiker, aus der Kirche. Er trug eine weiße Strabag-Kappe, die stilecht mit eingetrockneten Betonresten verziert war, und blieb in einiger Entfernung zur Kirche stehen. Auf der Stirnseite der Kappe drangen ebenso eingetrocknete Schweißflecken nach außen. Die Sonne stand gerade so hoch, dass die Kirche einen Schatten nach rechts warf. Sifkovits konnte seinen Blick nicht mehr von Bauer abwenden. An irgendetwas erinnerten ihn dessen Haltung und der Schattenwurf der Sonne. Schlagartig wurde dem Inspektor klar, wo er etwas Ähnliches schon einmal gesehen hatte.

„Bauer, bleib kurz so stehen, bitte!", rief der Inspektor.

„Ja klar, Schiffi. Aber lange kann ich nicht ruhig stehen. Schau, wie ich zittere", sagte Bauer, der offensichtlich schon einiges getankt hatte.

„Lisa, würdest du dich einmal kurz neben den Bauer stellen?"

„Warum?", wollte Sifkovits' Schwester wissen.

„Das erklär ich dir später. Bitte, sonst kippt er um."

Widerwillig befolgte Lisa die Anweisungen ihres Bruders.

„Und jetzt?", fragte Lisa.

Sifkovits war mit der Position der beiden noch nicht ganz zufrieden.

„Kommt's noch einen Schritt nach vorne."

Die beiden gehorchten.

„Noch a bissl.“

Bauer hatte große Probleme, sein Gleichgewicht zu halten.

„Noch a bissl.“

„Schiffi, was soll das?“, zeigte sich seine Schwester schon sehr genervt.

„Na, zu viel. Wieder zurück. Jetzt passt's. Ich mach jetzt schnell ein Foto von euch. Nicht schrecken.“

„Was Foto?“ Bauer fand die Idee gar nicht gut. „Wenn das in falsche Hände kommt, heißt's vielleicht später, ich hätte eine Affäre mit deiner Schwester.“

Lisa schüttelte den Kopf.

„Geh, Bauer. Glaubst du, dass irgendwer in Stinatz glauben würde, dass wir beide eine Affäre haben?“

„Hast recht“, sagte der AMS-Privatier. „I bin nämlich sehr wählerisch und nicht so leicht zum Kriegen.“

„Wann hast denn du zum letzten Mal eine Beziehung mit einer Frau gehabt?“, fragte Lisa spitz.

„Das is noch nicht so lange her … äh … Wann war der Vranitzky Bundeskanzler?“

Sifkovits ging dazwischen.

„Ich möchte euren Flirt ungern unterbrechen, aber könntet ihr euch kurz konzentrieren?“

Beide nickten artig. Sifkovits nahm Miss Piggy hervor und drückte ab.

„Danke, das war's auch schon“, sagte er freudig.

„Kann ich jetzt gehen?“, fragte Bauer.

„Wohin du willst. Ich danke dir.“

Sifkovits klopfte ihm auf die Schulter.

„Ich gehe jetzt zur Katrin ins Wirtshaus und trink ein paar Achterl.“

„Bauer, sehr gern. Du bist ein freier Mensch und kannst machen, was dir Freude bereitet."

„Ich weiß, Schiffi. Schön wäre, wenn du dann später auch hinkommst und die Achterl bezahlst."

„Ja, mache ich", versprach ihm der Inspektor.

Schwankend entfernte sich Bauer vom Kirchplatz.

„Kannst du mir jetzt bitte erklären, was das sollte, lieber Bruder?"

Sifkovits deutete vorsichtig mit dem Kopf auf zwei Menschen, die gerade den Kirchplatz verließen.

„Siehst du das rumänische Pärchen da drüben?"

„Ja."

„Der Mann hat beim alten Stipsits gearbeitet und in ihrem Haus hängt ein Foto aus Paris, das ich soeben mit euch nachgestellt habe."

Lisa zog eine Augenbraue nach oben.

„Geht's dir gut, Schiffi? Du stellst private Fotos nach? Ist das eine Art Fetisch?"

„Nein, ich habe das Gefühl, dass mit dem Paris-Foto der beiden irgendetwas nicht stimmt. Ich kann dir aber leider noch nicht sagen, was. Seit ich das Foto zum ersten Mal gesehen habe, hat es mich beschäftigt. Vielleicht täusche ich mich auch. Wie oft kommt es im Leben vor, dass man einem Missverständnis aufsitzt …"

Eine Hand von hinten tippte dem Inspektor auf die Schulter.

„Grüß Gott, Pater Johannes."

Sifkovits drehte sich um und blickte in das Gesicht von Maria, der Putzfrau aus dem Leichenschauhaus. Er suchte nach den richtigen Worten.

„Grüß Gott, Frau … Maria. Das ist aber ein Zufall, dass

wir uns hier treffen", sagte der Inspektor unsicher. „Wie läuft es in der Arbeit? Alles gut?"

„Ja, vor allem ruhig."

Der Inspektor lächelte müde über diese Bemerkung.

„Also man merkt, dass Sie für den Priesterberuf geboren sind, auch wenn Sie heute noch etwas unsicher gewirkt haben. Aber der David wird Ihnen schon lernen, mit Extremsituationen umzugehen", stellte die Dame fest.

„Ja, der David ist ein Profi. Ein Vorbild. Der Zampano der Liturgie sozusagen", stammelte der Inspektor.

„Wann haben Sie Ihre Primiz?", wollte Maria wissen.

„Bald. Sehr bald."

„Bitte lassen S' mich wissen, wenn es soweit ist. Ich möchte unbedingt bei Ihrer ersten Messe dabei sein. Da werde ich in der ersten Reihe sitzen und Sie bewundern. Alles Liebe, Pater Johannes."

Maria hielt dem Inspektor ihren Kopf entgegen.

„Kreuzzeichen!", flüsterte Lisa.

Der verdutzte Pater Johannes machte ein Kreuz auf Marias Stirn.

„Und ... äh ... Gott mit Ihnen", sagte er zum Abschied.

„Den habe ich immer dabei."

Zufrieden schlenderte die Frau davon.

Ein fassungsloses Gesicht von Lisa stand ihm gegenüber.

„Bruder, langsam wirst du mir unheimlich. Gibt's vielleicht noch irgendetwas, das du mir sagen möchtest, bevor ich es in der Zeitung lese?", fragte seine Schwester.

„Ja, aber bitte halte mich jetzt nicht für blöd."

„Zeigst du dich Tieren nackt?"

„Was?"

„Nicht so wichtig. Also was willst du mir sagen?"

Lisa rechnete mit dem Schlimmsten.

„Weißt du, wie man Digitalfotos beim DM ausdruckt?"

Gespannt wartete Sifkovits auf die Reaktion seiner Schwester.

„Das ist es?"

„Ja. Bist du jetzt enttäuscht?", fragte ihr Bruder.

„Ein bisschen schon. Du kannst die Fotos auch bei mir ausdrucken", erklärte ihm Lisa.

„Das geht?"

„Schiffi, wir leben nicht mehr im Paläozoikum. Dafür gibt es Fotodrucker."

„Echt? Ich habe nicht einmal einen normalen", zeigte sich der Inspektor beeindruckt.

„Um welche Bilder geht's denn?"

„Um alle Fotos, die auf Miss Piggy gespeichert sind."

Stolz zeigte Lisas Bruder ihr seine Begleiterin.

„Kein Problem. Hast du ein USB-Kabel dabei?"

Sifkovits öffnete seinen Mund. Ein leises „Äh" war zu vernehmen. Bevor er die Frage stellen konnte, was denn ein USB-Kabel sei, kam ihm seine Schwester zu Hilfe.

„Egal, ich hab eins. Gemma!"

Mutter Baba stand inmitten einer Gruppe von älteren Herren und Damen, sie unterhielten sich über das Essen. Den Toten hatten sie schon besprochen.

„Mama, ich schau noch einen Sprung zur Lisa", sagte Sifkovits zu seiner Mutter.

„Wieso?"

„Na ja, Mama, ich möchte auch einmal meine kleine Nichte sehen."

„Ok, Spatzl. Aber zum Essen bist du zu Hause."

Das war ein Befehl.

„Klar. Was gibt's denn?", wollte er wissen.
„Bohneneintopf."
„Was für eine Überraschung. Und dazu?"
„Nix!"
„Super. Ich freu mich. Bis später, Mama."

Nachdem Sifkovits mit seiner kleine Nichte Elisabeth das Playmobil-Puppenhaus in seine Einzelteile zerlegt hatte, blickte er auf zwei ausgedruckte Fotos.

„Ich wusste es!", schallte es durch Lisas Haus.

„Schiffi, magst noch einen Tee?", fragte seine Schwester.

„Nein. Ich würde einen Uhudler-Likör nehmen. Es gibt was zu feiern", sagte ihr zufriedener Bruder.

Sifkovits leerte das Glas in einem Zug.

„Mhh, sehr gut, das ist der vom Priela, oder?"

Seine Schwester bestätigte seine Vermutung.

Lisa blickte auf zwei Fotos, die vor ihr auf dem Tisch lagen. Das eine zeigte sie mit Bauer vor der Kirche, das andere Mariana und Adrian Popescu vor dem Eiffelturm. Sie ging leicht in die Knie, um die Bilder genauer betrachten zu können.

„Nein. Es tut mir leid, Schiffi, ich kann nichts Ungewöhnliches an diesen Bildern erkennen", stellte sie fest.

„Schau noch einmal ganz genau", forderte sie ihr Bruder auf.

Die Augen etwas zusammengepresst, versuchte es Lisa ein zweites Mal.

„Die Fotos sind sich ähnlich, was die Grundstruktur betrifft, aber ansonsten kann ich beim besten Willen nichts erkennen."

Ihr Bruder weihte sie in seine Entdeckung ein.

„Lisa, jetzt schau dir einmal das Foto an, auf dem der Bauer und du zu sehen sind. Der Schatten der Kirche geht nach rechts. Siehst du das?“, fragte Sifkovits.

„Ja.“

„Gut. Der Schatten, den die Strabag-Kappe von Bauer wirft, geht auch nach rechts. Wie du siehst, ist nur ein Teil seines Ohres im Schatten.“

Lisa wusste nicht genau, worauf ihr Bruder hinauswollte.

„Und jetzt, Lisa, schau dir das Foto von Mariana und Adrian Popescu an. Der Schatten vom Eiffelturm geht nach rechts, ähnlich wie der von der Kirche, der Schatten, den die Kappe von Adrian Popescu wirft, geht jedoch nur eine Spur nach rechts. Nicht nur Adrian Popescus Ohr ist im Schatten, sondern auch ein kleiner Teil seines Auges. Der Schatten der Kappe stimmt nicht mit dem Schatten des Eiffelturms überein.“

Nun fiel es auch Lisa auf.

„Aha, stimmt. Aber was soll das beweisen?“, fragte sie.

„Die beiden waren nie in Paris.“

Ein weiteres Mosaiksteinchen manifestierte sich im Kopf des Inspektors. Warum machte sich jemand die Mühe, ein Urlaubsfoto zu fälschen?

Und dann war da noch die Sache mit dem Gürtel.

17.

Der Sonntag war ein Tag zum Ausspannen. Zum Regenerieren. Ein Tag, den man durchaus in Jogginghosen verbringen durfte. Ein Tag, an dem man sich mit der Jogginghose auf die Couch legen konnte. Meist nach einem üppigen Essen, um dann in aller Ruhe einen Formel 1 Grand Prix anzuschauen. Zugegeben, die meisten erlebten gerade einmal den Start, um danach panisch in der letzten Runde wieder aufzuwachen, aber darum ging es nicht. Und auch, wenn man sich im Schlaf einige Zeit auf einer Tafel Schokolade gewälzt hatte, gab es doch keinen angenehmeren Zustand, als für einige Stunden für nichts verantwortlich zu sein. Wie ein Wellensittich, der kurz aus seinem Käfig gelassen wird, um in aller Ruhe alle Kerzenständer, Glaselefanten und anderen diversen Mitbringsel vollzukacken. Das ist Freiheit.

Es ist jener Tag, an dem auch Verwandte zu Fremden werden. Man darf an diesem Tag Distanz wahren. Sich dem Nichtstun hingeben und alle Gedanken am Arsch lecken. Der Schlaf ist der König im Schachspiel des menschlichen Lebens.

All das traf auf den Inspektor in keiner Weise zu.

Er saß mit seiner Mutter am Küchentisch und es wurde feinster, gehaltvoller Bohneneintopf verspeist. Auf dem Küchentisch hatte der Inspektor die ausgedruckten Fotos aufgelegt. Baba begutachtete ein Foto, das Fußspuren zeigte, sie sah ein rumänisches Pärchen vor dem Eiffelturm, danach ihre Tochter neben Bauer und ein Foto von einer Urkunde.

„Magst du noch was?“, fragte sie ihren Sohn.

„Nein, danke. Ich bin satt.“

„Gib zu, es schmeckt dir nicht."

„Doch, Mama, aber Bohnen sind so gehaltvoll. Außerdem ist erst vor Kurzem jemand an einer CO_2-Vergiftung gestorben. Ich will nicht, dass heute Nacht dasselbe passiert."

Baba Sifkovits nahm eines der Bilder in die Hand. Es zeigte jene Urkunde, die Alois Stipsits als Besitzer des strohgedeckten Weinkellers auswies.

„Spatzl, bei der Urkunde stimmt etwas nicht."

Der Inspektor wurde hellhörig.

„Was denn, Mama?"

„Schau, diese Urkunde wurde ausgestellt mit der Postleitzahl 7574. Und hier hast du die Adresse vom Weinkeller. Burgauberg 17, 7574 Burgauberg."

Der Inspektor zuckte mit den Achseln.

„Und?", fragte er.

„Früher hatte Burgauberg eine steirische Postleitzahl: 8291. Später wurde es mit den Nachbarortschaften postmäßig zusammengelegt. Da hat Burgauberg dann eine burgenländische Postleitzahl bekommen wie viele andere Dörfer in der Umgebung auch. Wir sind ja hier im steirischen Grenzgebiet."

„Was willst du mir damit sagen, Mama?", fragte ein neugieriger Sohn.

„Entweder haben sie sich bei der Ausstellung verschrieben oder diese Urkunde wurde gefälscht. Also für mich schaut das so aus, als hätten sie diese Urkunde nachträglich geändert und irrtümlich die aktuelle Postleitzahl verwendet."

Ein Verdacht des Inspektors wurde konkret.

„Mama, glaubst du, dass der junge Priela freiwillig auf den Weinkeller verzichtet hätte?"

„Niemals."

Sifkovits nahm seine Weste und sprang vom Sessel.

„Wo gehst denn hin, Spatzl?"

Sie stellte diese Frage vergeblich, aber sie kannte die Antwort ohnehin.

18.

„Herr Inspektor, schmeckt Ihnen unser Wein so gut, dass Sie sogar am Sonntag kommen?", fragte ein überraschter Markus Priela. Er stand vor der gläsernen Wand und blickte auf die umliegenden Weinberge.

„Ich bin nicht wegen dem Wein hier", antwortete Sifkovits.

„Ach so? Was verschafft mir dann die Ehre?"

Der junge Weinbauer wurde unruhig.

„Vielleicht wollen wir uns setzen, Herr Priela?"

„Ich stehe hier eigentlich ganz gut."

Priela spürte instinktiv, dass es bei folgendem Gespräch um etwas Ernstes gehen würde.

„Gibt es ein Problem, Herr Inspektor?"

„Nein."

„Na dann!"

Priela wurde ruhiger.

„Es gibt mehrere Probleme, Herr Priela."

„Womit?"

Die Nervosität kehrte wieder zurück.

„Mit einigen Ihrer Aussagen." Sifkovits' Tonfall wurde bestimmter. „Herr Priela, Sie haben bei unserem letzten Treffen eine Menge Lügen erzählt."

Priela drehte seinen Kopf in Richtung Sifkovits.

„Tatsächlich? Können Sie das beweisen?"

„Zumindest eine davon."

Priela zog seine Mundwinkel nach unten und legte gleichzeitig seine Stirn in Falten.

„Und welche?", fragte er mit belegter Stimme.

Sifkovits kramte seinen kleinen Notizblock aus der Tasche.

„Ihr Mitarbeiter Malek Sencar hat Ihnen ein erstaunlich schlechtes Alibi gegeben. Den ganzen Abend hindurch brannte nämlich Licht in seinem Haus, zumindest bis nach 23.00 Uhr. Nach seiner Aussage besitzt nur er einen Schlüssel und das Haus verfügt nicht über eine automatische Lichteinschaltung, folglich kann er nicht bei Ihnen gewesen sein."

Verlegen starrte Priela auf den Boden. Sifkovits holte ein Foto aus seiner Hosentasche.

„Herr Priela, ich möchte Ihnen gern dieses Foto zeigen."

Der Inspektor trat näher an den Weinbauern heran und überreichte ihm ein zerknittertes Bild, das Fußspuren zeigte.

„Ich habe diese Fußspuren direkt vor der Wohnung von Alois Stipsits gefunden. Wie Sie selbst sehen, handelt es sich um große Spuren. Sie sind ein großer Mann mit großen Füßen. Es gibt nun zwei Möglichkeiten: Entweder ich hole mir eine Erlaubnis, Ihre Schuhe zu untersuchen und die Abdrücke mit diesen zu vergleichen, das dauert zwar etwas länger, würde aber passieren, oder Sie geben einfach zu, dass Sie an jenem Tag beim Keller gewesen sind."

Der große Mann wurde mit jedem Satz von Sifkovits kleiner.

„Und was ich Ihnen auch nicht abkaufe, auch wenn ich es nicht beweisen kann, ist Ihre Gelassenheit wegen des strohgedeckten Weinkellers. Ich glaube keinesfalls, dass Sie dieses Gebäude so einfach Alois Stipsits überlassen hätten."

Sifkovits wühlte ein weiteres Bild aus seiner Tasche hervor.

„Schauen Sie, Herr Priela. Diese Urkunde zeigt eine burgenländische Postleitzahl, zum Zeitpunkt der angeblich erfolgten Ausstellung hatte Burgauberg allerdings eine steirische Postadresse. Daher liegt die Vermutung nahe, dass es sich hierbei um eine Fälschung handelt bzw. die Urkunde zu einem späteren Zeitpunkt zugunsten von Alois Stipsits manipuliert wurde.

Weiters bin ich der Ansicht, dass Sie im Laufe der Zeit auf diese Manipulation aufmerksam wurden, zumal Herr Adrian Popescu ausgesagt hat, dass Sie mit Alois Stipsits etwa eine Woche vor seinem Tod einen heftigen Streit hatten und Sie die Worte ‚Damit wirst du nicht durchkommen' von sich gaben."

Sifkovits wunderte sich über seine kriminalistischen Formulierungen. Fast war er ein bisschen stolz auf sich. Er klopfte sich geistig auf die Schulter.

Sorgenvoll steuerte Markus Priela auf seinen Schreibtisch zu. Schließlich ließ er sich schwer in seinen Sessel fallen, richtete den Kopf nach oben und seufzte tief. Die Luft wurde dünner um ihn, das Eis, auf dem er sich bewegte, drohte zu brechen.

„Na gut, Herr Inspektor. Sie haben recht. Ich war an jenem Tag noch beim alten Stipsits im Weinkeller. Davor war ich allein in meinem Heurigen. Ich habe mich angetrunken und bin kurz vor Mitternacht noch zum Keller gefahren. Ich war bei Stipsits' Zimmer, habe geklopft und gerufen, bekam aber keine Antwort. Dort müssen die Fußspuren entstanden sein. Das ist die Wahrheit."

Sifkovits nickte.

„Wenn Sie das früher erzählt hätten, wären die Ermittlungen eventuell in eine andere Richtung gegangen."

„Ich weiß, Herr Inspektor. Mir ist auch nicht mehr klar, was ich um diese Zeit noch dort wollte. Wahrscheinlich wollte ich ihn erneut mit der Weinkeller-Geschichte konfrontieren."

„Also wussten Sie von der unsauberen Übernahme?", fragte Sifkovits.

„Wir konnten nichts beweisen. Es gab eine Vereinbarung. Wir vermuteten, dass diese gefälscht war, konnten aber nichts beweisen. Natürlich wollte ich diesen Keller. Das ist eine Prestigesache. Es gibt kaum mehr Weinkeller dieser Art und es wird kaum mehr Uhudler auf diese Art in so alten Fässern erzeugt. Ich wollte ihn dazu bringen, mir den Keller zu geben, denn ich wusste, dass er mir zusteht. Allein die Fässer könnten unzählige Geschichten aus der alten Zeit erzählen. Sogar Kellerkatzen befinden sich noch dort."

Sifkovits wusste nicht, was der junge Weinbauer damit meinte.

„Also Katzen wurden dort keine gefunden, Herr Priela", sagte er ahnungslos.

„Herr Inspektor! Man merkt, dass Sie von Wein keine Ahnung haben. Die Kellerkatze ist ein Schimmelpilz, der sich in Kellern mit hoher Luftfeuchtigkeit bildet. Der Pilz bildet tuchartige, weiche, ein bis zwei Zentimeter dicke Matten, die sich ähnlich wie ein Katzenfell anfühlen. Deswegen sagt man ‚Kellerkatze' oder bei uns ‚Köllakotz'. Noch dazu reguliert der Pilz das Raumklima. Außerdem lebten früher auch echte Katzen in den Presshäusern der Weinbauern, um dort die Mäuse in Schach zu halten. Während der Weinlese verirrte sich so manche neugierige Katze durch die offene Kellertür in die Kellerröhre, um sich dort auf jenes Fass zu legen, das während der Gärung am wärmsten wurde. In diesem Fass, so sagte man, entwickelte sich dann der beste Wein."

Interessiert lauschte der Inspektor der Geschichtsstunde

des Weinbauern. Was man nicht alles in diesem Beruf lernt, dachte er.

„Was passiert jetzt mit mir, Herr Inspektor?“, fragte Priela leise.

„Nix.“

„Nix?“, fragte er erstaunt.

„Sie haben ja nichts gemacht, und dass man sich betrinkt, ist noch nicht strafbar. Dass Sie mit dem Auto gefahren sind, kann ich jetzt nicht mehr beweisen.“

Sifkovits zwinkerte dem Weinbauern zu.

„Denken Sie an ein Verbrechen, Herr Inspektor?“, fragte Priela.

„Es gibt schon einige Ungereimtheiten bei diesem Unfall, aber sollte es ein Verbrechen gewesen sein, dann bin ich der festen Überzeugung, dass Sie als Täter nicht infrage kommen.“

Markus Priela zeigte sich einerseits erleichtert, anderseits überrascht ob dieser Feststellung.

„Wirklich?! Ich habe kein Alibi für die Tatzeit.“

„Doch. Und zwar das beste, das es gibt“, sagte Sifkovits.

„Echt?“

Priela wusste nicht, was der Inspektor meinte.

„Ja. Sie haben es die ganze Zeit bei sich.“

„Wo?“, fragte Priela.

Sifkovits deutete auf Prielas linke Hand.

„Das verstehe ich nicht, Herr Inspektor.“

„Herr Priela, Sie können es nicht gewesen sein, weil Sie Linkshänder sind. Schönen Sonntag noch.“

Es brauchte einiges, um Markus Priela sprachlos zu machen. Aber diesmal war er es.

19.

„Spatzl, gut, dass du da bist! Was soll ich am Dienstag beim Begräbnis anziehen?"

Baba Sifkovits schurlte aufgeregt durch ihre Küche. Über dem Sessel lagen einige schwarze Kleider. Sie griff sich zwei davon und hielt sie sich abwechselnd vor den Körper.

„Dieses Kleid oder dieses?"

Ihr Sohn schüttelte den Kopf.

„Mama, diese Diskussion haben wir schon vor einem Jahr geführt. Beide sind schwarz."

„Du bist mir eine große Hilfe! Einmal bitte ich dich um was und schon lässt du mich hängen."

Ein Tsunami an Vorwürfen lag in diesem Satz. Sifkovits versuchte Interesse zu heucheln.

„Ok. Also das Kleid geht nicht, weil das kennen die Leute schon, und das andere sieht nicht gut aus", sagte er.

„Willst du damit sagen, dass ich zu dick dafür bin?"

„Mama, musst du mir immer das Wort im Mund umdrehen? Ich finde es einfach zu elegant und zu tailliert."

Aus dieser Nummer kam der Inspektor nicht mehr raus.

„Also bin ich doch zu dick. Weißt du, wie schwer ich in meinem Leben arbeiten musste, um euch ein sorgenfreies Leben zu bieten …"

Sifkovits unterbrach sie.

„Warum ziehst du nicht ein dunkelblaues Kleid an?"

„Ein dunkelblaues Kleid bei einer Beerdigung? Ich will ja nicht wie ein Schlumpf daherkommen."

Baba machte es einem aber auch wirklich schwer.

„Oder ein rotes. Das würde zum Uhudler passen", warf ihr Sohn eine neue Farbe ins Spiel.

„Also entschuldige, Spatzl. Rot? Ich geh doch nicht auf den Nelkenball."

Baba nahm den Stapel Kleider vom Sessel und steuerte Richtung Schlafzimmer. Offensichtlich hatte sie eine Idee.

„Weißt was? Ich werde das schwarze Kleid anziehen, das ich damals in Ungarn gekauft habe. Hab ich eh noch nie getragen."

Der Umstand, dass es noch original verpackt war, bestätige ihre Aussage. Das Zellophan war schon ganz blind.

„Wann hast du denn dieses Kleid gekauft, Mama?"

Baba überlegte.

„Das ist lange her. Da hat's noch die DDR gegeben."

Sifkovits ließ sich das Kleid vorführen und drückte gespielte Begeisterung aus.

„Super, Mama. Das nimmst du!"

„Meinst du nicht, dass es etwas zu bieder wirkt?", fragte sie nach.

„Nein, es wirkt wie das Kleid einer modernen Frau. Und jetzt, bitte, setz dich kurz zu mir."

„Nein, ich bin viel zu nervös. Am Dienstag ist es schon so weit. Ich habe noch nur mehr zwei Tage, um mich vorzubereiten …"

„MAMA!", schrie Sifkovits.

Schlagartig blieb seine Mutter stehen.

„Was schreist denn so mit mir?", brüllte sie zurück.

Sifkovits nahm seine Mutter an der Hand und drückte sie auf einen Sessel.

„Mama, hör mir jetzt zu. Gab es Gerüchte über den alten Stipsits, was die Treue zu seiner Frau betraf?"

Erheblich zu lange dachte seine Mutter über die Frage nach.

„Also ja?“

Baba nickte sanft mit dem Kopf.

„Gut. Hast du jemals gehört, dass diese Frauen eventuell etwas jünger waren?“

Sifkovits verwandelte sich von einem devoten Sohn in einen professionellen Verhörer. Seine Mutter wollte wieder aufstehen.

„Oder soll ich vielleicht doch das blaue Kleid anziehen?“

„Mama, lenk nicht ab!“, sagte Sifkovits bestimmt.

Frau Sifkovits blickte ihrem Sohn lange in die Augen. Keiner der beiden blinzelte und es hatte beinahe den Anschein, als würden die beiden Bockschauen.

„Spatzl, das ist jetzt wirklich ... tu mich nicht festnageln ... aber der Papa hat gern beim Stipsits gekauft und er hat einmal gesagt, dass ihm vorgekommen wäre, als er beim Keller war, als hätte er eine junge Frau dort gesehen, die er nicht kannte.“

Sifkovits kratzte sich unter der Kappe. Er nahm einen Schluck Käsepappeltee.

„Wann war denn das?“, fragte er seine Mutter.

„Boah, das muss gewesen sein ... na ja, da hat es auch noch die DDR gegeben“, antwortete Baba.

„Hat diese Dame zufällig Valea geheißen?“

„Glaubst du, dass der Papa nachgefragt hat, wie die Frau geheißen hat? Der wollte Wein kaufen und keine anderen Frauen kennenlernen. Wie gesagt, sie war jung und ihm gänzlich unbekannt. Es war auch das einzige Mal, dass er dieses Mädel zu Gesicht bekommen hat. Komisch ist nur, dass der alte Stipsits seit einem Dreivierteljahr sehr häufig in

Stinatz auf der Raika war. Genau ab dem Zeitpunkt, als die Rumänen nach Burgauberg kamen. Bist du jetzt zufrieden, du Sturschädel?“

Der Sturschädel war mehr als das.

„Danke, Mama. Wann sperrt denn die Raika morgen auf?“, fragte er.

„Da schläfst du noch.“

Das tat der Inspektor nicht.

20.

Kurz nach acht Uhr betrat Sifkovits die Raika-Filiale in Stinatz. Christian Zimmermann, der Zweigstellenleiter, führte bereits ein hitziges Gespräch mit einer alten Bekannten.

„Schauen S', Frau Resetarits. So schnell steigen die Zinsen auch wieder nicht."

Frau Resetarits wollte nichts davon hören.

„Das ist wirklich eine Frechheit. Da lese ich mir extra diese Papiere durch, kenn mich nicht aus, verliere dabei wertvolle Lebenszeit und du weißt, dass ich in einem Alter bin, wo ich nichts mehr einfriere. Und du sagst mir, dass man nichts machen kann?"

Genau, dachte Zimmermann, drückte es aber diplomatischer aus. Freudig empfing er den Inspektor.

„Grüß dich, Schiffi!", rief Zimmermann quer durch die Filiale. Frau Resetarits hielt Sifkovits auf.

„Schiffi, es bringt nichts, es bringt gar nichts. Es ist gescheiter, wenn du dein Geld unter deinen Kopfpolster legst, da kommt mehr raus. Diese Bank ist so hilfreich wie ein Skianzug in Jordanien. Pfiat euch!"

Wutentbrannt stürzte Frau Resetarits aus der Filiale.

„Auf Wiedersehen, Frau Resetarits", rief Zimmermann der alten Dame hinterher. „Schiffi, was führt dich zu mir? Willst Immobilien kaufen?"

Sifkovits lachte über Zimmermanns Bemerkung. Der Filialleiter kannte wohl Sifkovits' Gehaltszettel. In seiner Gehaltsklasse kamen Ferienhäuser in Österreich nicht infrage, eher im Kaukasus. Er legte seinen Autoschlüssel auf den Tresen neben die Schüssel mit den *Sumsi*-Zuckerln.

„Eine Frage, Christian: Der Alois Stipsits hatte ein Konto bei euch, oder?“, fragte Sifkovits.

„Ja. Unsere Bank ist ein sicherer Hafen für alle Sparer.“

Diesen Satz hatte Zimmermann schon sehr oft von sich gegeben.

„Jetzt habe ich gehört, ich weiß gar nicht mehr, wer mir das erzählt hat, dass der alte Stipsits in letzter Zeit oft bei euch war. Warum?“

Zimmermann machte eine abwehrende Handbewegung.

„Schiffi, du weißt, dass ich über die Bankaktivitäten unserer Kunden keine Auskunft geben darf. Wir haben schließlich ein Bankgeheimnis“, klärte er den Inspektor auf.

„Na ja, Kunde in dem Sinn ist er ja keiner mehr“, fügte Sifkovits hinzu.

„Auch wenn er tot ist, darf ich dir keine Informationen über seine Kontobewegungen geben.“

Sifkovits hatte mit einer solchen Antwort gerechnet, also ging er zu seinem Plan B über.

„Das verstehe ich natürlich sehr gut, Christian. Darf ich mir ein Zuckerl nehmen?“

Zimmermann bejahte freundlich.

Mit einer *Sumsi* im Mund fragte der Inspektor weiter.

„Lass es mich so formulieren: Würdest du mir zustimmen, dass ihr Kunden habt, die schon ewig bei euch sind und die, sagen wir, seit ungefähr einem Dreivierteljahr bemerkenswert hohe Kontobewegungen haben?“

„Ja, solche Kunden gibt es bei uns“, stimmte Zimmermann zu.

„Würdet ihr so etwas ungewöhnlich finden?“, fragte Sifkovits.

„Ja, das würden wir ungewöhnlich finden. Noch dazu,

wenn der Kunde davor eine völlig andere Frequenz hatte, was die Kontoführung betrifft."

Zimmermann ließ sich auf das Spielchen ein.

„Und ihr als Bank wisst, wohin das Geld überwiesen wird?"

„Natürlich", sagte Zimmermann.

„Und gibt es auch Kunden, bei denen dieses Geld sogar ins Ausland geht?"

Zimmermann bestätigte auch das.

„Und gibt es vielleicht auch Kunden, die ihr Geld nach Rumänien überweisen?", vergewisserte sich der Inspektor.

„Nicht viele, aber dennoch gibt es diese Art von Kunden", sagte der Filialleiter trocken.

„Wohin?"

„Schiffi, ich habe schon genug gesagt."

Zimmermann beendete das Spielchen.

Sifkovits erkannte, dass er nicht mehr aus dem sympathischen Kerl herausbringen würde.

„Danke, Christian, du hast mir sehr geholfen."

Er nahm sich noch ein *Sumsi*-Zuckerl und ging in Richtung Ausgang.

„Schiffi, du hast deinen Ključ vergessen", rief Zimmermann und hielt den Autoschlüssel des Inspektors in die Höhe. Er verwendete das kroatische Wort Ključ für Schlüssel.

Erstaunt drehte sich der Inspektor um.

„Du sprichst Kroatisch, Christian?", fragte er.

„Nur schimpfen und Schlüssel, mehr kann ich nicht. Ključ ist noch dazu vielseitig einsetzbar."

Zimmermann nickte leicht mit dem Kopf. Wie ein Blitz, der einen unvorbereitet traf, verstand Sifkovits die Anspielung von Zimmermann.

„Ach so, du meinst Klutsch“, frohlockte er.

„Richtig, Schiffi. Kaum schreibt man Ključ mit C, bekommt das Wort eine ganz andere Bedeutung.“

„Die Bank in Cluj ist der Schlüssel“, sagte der Sifkovits.

Mit Cluj, ebenfalls Klutsch gesprochen, meinte der Inspektor eine Stadt in Rumänien.

21.

„Sie glauben also, dass Alois Stipsits vom Ehepaar Popescu erpresst wurde?“, fragte Oberst Taschner den Gruppeninspektor, der vor ihm im Büro stand.

„Ja, Herr Oberst. Die Vermutung liegt nahe“, antwortete Sifkovits.

„Können Sie sich vorstellen, warum?“

„Vielleicht hat es mit dem rumänischen Mädchen zu tun, Valea, zu dem Alois Stipsits offenbar eine Beziehung hatte. Die war minderjährig. Etwa 1988 ist sie spurlos verschwunden. Möglicherweise hat Alois Stipsits etwas damit zu tun.“

Taschner faltete die Hände hinter seinem Kopf.

„Ach, Sifkovits. Ich hatte Ihnen doch mehrmals gesagt, dass Sie nicht in dieser Sache ermitteln sollen. Aber Sie haben ja so einen Sturschädel.“ Er atmete kräftig aus. „Na gut. Ich werde mit der Staatsanwältin reden. Ich sage Ihnen aber ganz ehrlich, ein gefälschtes Paris-Foto und eine kleine Schummelei bei der Identität könnten für ein Ermittlungsverfahren zu wenig sein.“

Tee schlürfend nickte der Inspektor.

„Weiters werde ich auch mit unseren rumänischen Ermittlungsbeamten sprechen, die sollen auf das Konto vom Stipsits zugreifen und herausfinden, wohin das Geld ging und wer als Eigentümer dieses Kontos eingetragen ist. Vielleicht verschaffen wir uns damit etwas Aufklärung.“

„Danke, Herr Oberst“, sagte der Inspektor.

„Sie brauchen mir nicht zu danken, denn Sie wissen genau, dass es sich beim Fall Stipsits nach wie vor nicht um einen Mordfall handelt. Wir haben es vermutlich mit einer

Erpressung zu tun. Das ist ein ganz anderer Tatbestand. Noch dazu muss auch das bewiesen werden. Alois Stipsits könnte dieses Geld auch freiwillig überwiesen haben. Und ohne die Leiche dieser Valea wird es äußerst schwierig sein, etwas zu beweisen."

Der Inspektor musste seinem Vorgesetzten recht geben. Es gab viele Indizien, aber keinen handfesten Beweis.

„Ich weiß, Herr Oberst. Nichtsdestotrotz bin ich der festen Überzeugung, dass die Familie Popescu irgendetwas mit dem Tod von Alois Stipsits zu hat", fügte er hinzu.

Sifkovits konnte sich abermals eine Standpauke anhören, dass eine Vermutung vor Gericht zerbrösle wie eine Schildkröte, die einen ganzen Winter lang hinter einem Heizkörper gefangen war.

„Falls sich die ganze Sache als falsch herausstellt, übernehme ich die volle Verantwortung, Herr Oberst", versicherte der Inspektor.

„Schön. Es wäre ja nicht das erste Mal, dass Sie sich in eine Sache verrannt haben."

Auch wenn die beiden ein erstaunlich einvernehmliches Gespräch führten, konnte Oberst Taschner seinen Zynismus nicht verbergen.

„Kommen wir jetzt zum eigentlichen Fall", befahl Taschner. „Haben Sie Fortschritte gemacht, was den Hühnerdieb in Olbendorf-Untermühlen betrifft?"

„Ja, Herr Oberst. Ich weiß, wer es ist", antwortete Sifkovits stolz. „Ich könnte in diesem Fall die Diebin jederzeit damit konfrontieren. Noch dazu gibt es eine Zeugenaussage, die vor Gericht standhalten würde."

Sifkovits erwähnte nicht, dass es sich dabei um seine Mutter handelte.

Taschner beugte sich vor.

„Folgendes, Sifkovits: Es läuft so: Sie übergeben den Hühnerdiebstahl dem Kollegen Berner. Besprechen mit ihm alle Ihre Ermittlungserkenntnisse und Sie kümmern sich bitte weiter um diese Erpressungsgeschichte. Ich werde dafür sorgen, dass wir bald Informationen über die Familie Popescu erhalten. Ich kann Ihnen nicht sagen, wie lange das dauern wird. Kommt darauf an, wie flott die Kollegen vor Ort etwas zustande bringen. Lassen Sie mir zur Sicherheit das Paris-Foto der beiden da."

„Gern, Herr Oberst."

Er legte das zerknitterte Foto auf Taschners Schreibtisch.

„Entschuldigung, ich hatte es in der Hose."

„Kaufen Sie sich eine Tasche, Herr Gruppeninspektor."

„Jawohl, Herr Oberst. Gleich morgen!", versicherte der Inspektor.

„Und jetzt fahren Sie wieder zurück nach Stinatz. Da passen Sie besser hin", sagte Taschner unmissverständlich.

Sifkovits war gerade dabei das Büro zu verlassen, als er von Taschner aufgehalten wurde.

„Und, Sifkovits, wenn Sie an Ihrem Schreibtisch vorbeikommen, dann nehmen S' Ihre Dienstwaffe mit. Verstanden?"

„Verstanden, Herr Oberst."

Dann ging er hinaus.

Nach einer kurzen Besprechung mit dem Kollegen Berner trat der Inspektor die Reise nach Stinatz an. Seine Dienstwaffe blieb in der Schreibtischschublade.

Als der Inspektor kurz nach 18.00 Uhr in seiner Heimatgemeinde ankam, fand er das Bankerl verwaist vor. Es war den alten Damen offensichtlich schon zu kalt, um Geheimnisse aus dem Dorf zu besprechen. Sifkovits steuerte seinen grünen Peugeot Richtung Pfarrhaus. David Grandits saß in der kleinen Küche und aß eine Portion Mohnnudeln.

„Da, nimm dir. Die hat die Resl gemacht", sagte der Pfarrer.

Dankend griff der Inspektor zu.

„Glaubst du an das Gute im Menschen, David?", fragte Sifkovits. Seine Zähne waren voll mit schwarzen Punkten.

„Ja, das glaube ich. Das ist mein Beruf."

„Manchmal bewundere ich dich", sagte ein mampfender Inspektor.

„Warum?", wollte David wissen.

„Du hast als letzten Ausweg immer noch den Glauben. In meinem Beruf fange ich damit leider nichts an, selbst wenn ich von einer Sache überzeugt bin. Ich muss es beweisen."

David legte seine Gabel zur Seite und fuhr sich mit der Zunge über die Zähne.

„Schau, Schiffi, natürlich gibt es in meinem Beruf auch Glaubenskrisen. Dass jemand wirklich Wasser in Wein verwandeln kann, habe ich bis dato noch nie gesehen. Umgekehrt schon. Aber dass in jedem Menschen etwas Positives steckt, davon bin ich überzeugt und daran möchte ich glauben. Solange uns der Glaube miteinander verbindet, ist egal, was uns trennt. Wir tragen viele Dinge in unseren Herzen, die wir niemandem mitteilen können, weil wir nicht die richtigen Worte dafür finden. Sollte der Teufel wirklich zu uns herabkommen, mit großem Zorn und weiß, dass er wenig Zeit hat. Gott ist die Liebe und wer in der Liebe bleibt, der bleibt in Gott und Gott in ihm. Durch Gottes Gnade bin ich, was ich bin. Siehe, Gott ist mein Heil. Ich bin sicher und fürchte mich nicht. Hat dir das geholfen?", fragte David.

„A bissl, weißt du, was mir noch mehr helfen würde?“

David gab keine Antwort. Er öffnete einen mit Engeln verzierten Schrank und holte eine Flasche Uhudler heraus. Sie war von Alois Stipsits. David füllte ein Glas und stellte es neben Sifkovits' leeren Mohnnudelteller.

„Da hast, Schiffi. Genieß den Uhudler. Das ist ein Auslaufmodell.“

David lächelte dabei.

Zugegeben, die Aussage konnte man auch als pietätlos auffassen, aber aus Davids Mund hatte sie etwas Versöhnliches.

22.

Kikki Brus aus Olbendorf-Untermühlen war sofort geständig, als Berner sie mit den Vorwürfen bezüglich des Hühnerdiebstahls konfrontierte. Sie sagte, sie hätte es in erster Linie getan, um ihrem Mann zu helfen. Sie hätte in letzter Zeit bemerkt, dass er sich zunehmend in die Idee verrannte, ein Hühnerzüchter im großen Stil zu werden. Es hätte kaum noch Zeit für die eheliche Gemeinsamkeit gegeben, denn die Hühner hatten sie weitgehend aus dem Schlafzimmer verdrängt. Im übertragenen Sinne. Sie verlangte kein Geld für die Hühner. Noch dazu sei nicht das Hühnerschnitzel das Flaggschiff des Gasthaues Javorics, sondern das Cordon bleu, nicht gefüllt mit Schinken, sondern mit Geselchtem. Sie wollte ja lediglich, dass Edi wieder Augen für Kikki und nicht für Resi, Zenzi und Lotti hatte.

Kikki Brus sollte mit einer Geldstrafe davonkommen, und sie und ihr Mann beschlossen, in eine Ehetherapie zu gehen. Ein Mann namens Toni gab den verbleibenden Hühnern ein neues Zuhause in der Steiermark.

Etwa zur selben Zeit versammelte sich eine große Trauergemeinde auf dem Stinatzer Friedhof. Die Verabschiedung von Alois Stipsits war bereits im Gange. Der Sarg wurde mit schrecklicher Musikuntermalung in das Grab gelassen. Inspektor Sifkovits blickte ständig ungeduldig auf sein Mobiltelefon. Nachdem die Blasmusik den Trauernden ihre letzten Töne in die Gesichter geschmettert hatte, gingen die Menschen einzeln an das offene Grab, um eine Schaufel Erde auf den Sarg zu werfen. Die andächtige Stille wurde nur unterbrochen, wenn die lehmige Erde den massiven Sarg erschütterte – und durch Sifkovits' Handy. Leise schlich sich der Inspektor davon. Bei der Aufbahrungshalle war er weit genug entfernt, um die Trauergemeinde nicht mit seinem Telefonat zu stören. Am Ende der anderen Leitung war Taschner. Er hatte neue Informationen.

„Sie hatten recht, Herr Inspektor. Adrian und Mariana Popescu heißen in Wirklichkeit Eugen und Tereza Dalca. Die beiden sind auch kein Ehepaar, sondern Geschwister. Wohnhaft in einem kleinen Dorf in der Nähe von Cluj, Rumänien. Besonders interessant an der Sache ist die Tatsache, dass die beiden noch eine ältere Schwester hatten: Valea Dalca. Unser Verbindungsbeamter hat Informationen, dass jene Valea Dalca 1988 plötzlich spurlos verschwunden sei. Sie verließ das Haus, um draußen Luft zu schnappen, und kam nicht mehr zurück. Nach einigen Wochen wurde die Suche nach ihr eingestellt. Bis heute gibt es kein Lebenszeichen von ihr. Das kann mit einem Verbrechen zu tun haben oder – wie es häufig im ehemaligen Ostblock vorkam – mit Flucht. Viele Menschen sind geflohen und haben anderswo ihre Identität gewechselt, um eine neues, besseres Leben zu beginnen. Valea war 14 Jahre alt, höchstwahrscheinlich pubertär und voller Ideen … Sifkovits? … Hallo, sind Sie noch da?", fragte Taschner.

Sifkovits rannte wie von der Tarantel gestochen auf die Trauergemeinde zu. Er stieß dabei an einen Kranz, der von einer Beerdigung von vor zwei Tagen stammte. Unzählige Rosenblätter wurden dabei aufgewirbelt. Es schneite rot.

„Stopp!", rief er. „Das Begräbnis muss unterbrochen werden!"

23.

Der Herbst zieht ins Land. Bald werden wir uns in unsere Häuser zurückziehen, werden aussteigen aus dem gesellschaftlichen Leben. Ich freue mich darauf. Nun stehen sie alle am Friedhof. Manche weinen. Ich nicht. Ich habe keinen Grund dazu. Innerlich lache ich laut. Wie gut, dass niemand mich sehen kann. Ich kann meine Genugtuung verbergen. Bald werden ihn die Leute vergessen haben. Bald wird nur mehr ein Bild an ihn erinnern. Sein Geheimnis wird vom lehmigen Boden verschluckt. Mit voller Wucht werfe ich ihm Erde auf sein Haupt. Das ist für dich, du dreckiges Schwein. Wärst du nicht schon tot, würde ich mir wünschen, dass du an der Erde erstickst. Die Würmer sollen an dir ein Festmahl haben. Sie sollen sich ihre Bäuche vollschlagen bis zur Übelkeit. Die Vorstellung, wie sie sich ihren Weg durch deine Augen fressen, erfüllt mich mit Befriedigung. Bald werden die letzten Gase aus deinem jämmerlichen Körper entweichen. Du bist nur mehr Kompost, auf einem riesigen Haufen aus Lüge und Schuld.

Plötzlich kommt der eigenartige Mann wieder retour. „Stopp. Das Begräbnis muss unterbrochen werden“, ruft er. Rosenblüten fliegen durch die Luft. Ich werde nicht nervös. Ich atme ruhig. Der Mann hält sich sein Handy ans Ohr.

24.

„Leider ist es der Staatsanwältin zu wenig", hörte Sifkovits Taschner sagen.

„Verstehe. Warten Sie kurz." Er blickte in verdutzte Gesichter.

„Spatzl, um Himmels willen, was ist denn los?", fragte seine Mutter.

„Ich möchte auch noch Erde auf den Sarg werfen."

Eine bessere Ausrede fiel ihm nicht ein. Der Inspektor versuchte, seine Enttäuschung über das eben Gehörte zu verbergen. Sifkovits nahm Erde und erledigte sein Vorhaben in Windeseile. Dann entfernte er sich erneut von den Trauergästen.

„I glaub, er arbeitet zu viel", sagte Frau Grandits zu Baba.

„Stimmt. Er sollte einmal Urlaub machen", warf Frau Resetarits ein.

Zu diesem Zeitpunkt wussten die Damen natürlich nicht, dass der Inspektor etwas Ähnliches vorhatte.

Sifkovits stand wieder neben der Aufbahrungshalle.

„Das heißt, es gibt keine Obduktion und die Beerdigung wird wie geplant weiter durchgeführt?", fragte der Inspektor.

„So ist es. Der Tatbestand der Erpressung ist für die Staatsanwaltschaft nicht gegeben. Sie räumt ein, dass es bedenklich sei, dass jemand unter anderer Identität nach Österreich kommt, aber die Beweislage sei ihr zu dünn. Und, wie gesagt, ohne die Leiche von Valea Dalca sind uns in dieser Sache die Hände gebunden. Der Fall Stipsits sowie der Fall Dalca wandern somit zu den Akten. Tut mir leid, Herr

Gruppeninspektor. Nehmen S' Ihnen ein paar Tage Urlaub. Sie haben trotzdem gute Arbeit geleistet. Und glauben Sie mir, Sie zu loben, fällt mir sehr schwer. Sie haben den Hühnerdieb gestellt, das war auch Ihre Hauptaufgabe. Gratulation dazu."

Sifkovits blickte zur Trauergemeinde, die sich langsam auf den Heimweg machte.

„Verstehe, Herr Oberst. Sie haben recht, ich nehme mir eine Woche Urlaub", sagte der enttäuschte Inspektor.

„Genau. Fahren S' ein bissl raus. In eine Therme oder so", meinte Taschner.

„Das werde ich tun", antwortete Sifkovits.

Etwa eine Stunde später klopfte es an Roman Fabsits' Tür.

25.

Nach einem unruhigen Flug und einer ruppigen Busfahrt erreichten zwei Männer ein kleines Dorf in der Nähe von Cluj. Es wirkte gänzlich ausgestorben. Teils verfallene Häuser säumten die nicht asphaltierten Straßen. Verrottete Traktoren parkten vor einigen Höfen, das Gackern von Hühnern war zu hören. Ein Esel stand einsam, an einem Baum angebunden, in der Landschaft und starrte Löcher in den Himmel. Der Herbst hatte sich bereits verabschiedet. Von den Karpaten wehte eisiger Wind. Auf einer kleinen Anhöhe am Ende des Dorfes aus sahen die beiden Männer ein Haus. Es war teilweise renoviert und passte optisch gar nicht zum restlichen Ortsbild.

„Das muss es sein", sagte einer der Männer.

„Ja, das ist es. Hat sich ganz schon verändert im Laufe der Zeit. Da hinten, wo der Zubau ist, war früher ein Stall. Das Presshaus war weiter hinten." Der Mann deutete in die unendlich wirkende Landschaft. „Das dürften sie abgerissen haben. Der Eingangsbereich hat auch anders ausgesehen. Da ist man durch einen Holzvorbau in eine Stube gekommen. Da sind wir früher oft gesessen. Im Ofen hat ein Feuer geknistert, fast möchte man sagen, es war richtig gemütlich. Der alte Stipsits saß meistens neben der Valea. Manchmal hatte ich das Gefühl, als ob er sie unterm Tisch am Oberschenkel streichelte. Ihre Geschwister waren nur einmal dabei. Die waren immer bei ihren Großeltern, wenn es ums Geschäft ging. Der alte Rumäne war ein harter Verhandler. Seine Frau sprach in all der Zeit, die ich hier war, nie ein Wort. Sie hatte zu gehorchen. Das waren andere

Zeiten, gerade hier, gut dass die vorbei sind. Die Valea ist manchmal zum Luftschnappen rausgegangen. Und dann ging der alte Stipsits nach. Wer weiß, was dann passiert ist.“

Die beiden Männer gingen auf die Eingangstür zu.

„Abgeschlossen“, sagte der andere Mann. Er legte seine Hände an die Scheibe, um durch das kleine Fenster in der Tür nach innen zu blicken. „Das ist ja noch eine richtige Baustelle“, stellte er fest. „Schade, da kommen wir jetzt nicht rein. Sollten wir vielleicht einen Nachbarn fragen, ob jemand einen Schlüssel …“

Da hatte Roman Fabsits die Türe bereits offen.

„Herr Fabsits, das können Sie nicht machen. Das ist Einbruch“, sagte der Inspektor.

„Sehen Sie da irgendjemanden in der Nähe?“, fragte Roman Fabsits provokant. „Eben. Wo kein Kläger, da kein Richter. Kommen S' rein, Herr Sifkovits.“

Mit einem etwas mulmigen Gefühl betrat der Inspektor das Haus. Es war geräumig und hell, aber bei Weitem noch nicht bezugsfertig. Unzählige Kabel hingen aus den Wänden. Der Estrich war bereits gelegt. Eine in Zellophan eingewickelte Küche und der offene Wohnbereich wurden von den beiden Männern begutachtet.

„Schön, das kostet sicher einen Batzen Geld“, stellte Fabsits fest.

Sifkovits öffnete eine Tür, die in den Keller des Hauses führte. Er ging die Treppen hinunter und zog an einer Schnur, die von der Decke hing. Es wurde Licht in dem geräumigen Kellerabteil. Unzählige Regale, Kommoden, eine Waschmaschine und diverses Gerümpel kamen zum Vorschein. Er durchsuchte sämtliche Schubladen und stieß auf eine alte, vergilbte Box aus Karton. Darin befanden sich einige Fotos, die Menschen, gut gelaunte Menschen zeigten. Fabsits näherte sich und blickte ebenfalls auf die Bilder.

„Sind das Sie?“, fragte ihn der Inspektor.

„Ja. Und bevor Sie etwas sagen – ich weiß, ich war einmal richtig fesch“, sagte Fabsits.

Sifkovits nahm ein weiteres Foto in die Hand. Er erkannte den Mann, der ein junges Mädchen um die Hüfte hielt.

„Das ist sie. Das ist die Valea“, bemerkte Fabsits. „Schauen S’, wie glücklich der Stipsits dreinschaut, fast ein bissl lüstern, was meinen Sie?“

Der Inspektor musste Roman Fabsits recht geben. Die Art, wie er das junge Mädchen berührte, war durchaus interpretierbar.

„Haben die alten Weinbauern nie etwas mitbekommen?“, fragte er Fabsits.

„Nein. Die haben sich nur für das Geschäft interessiert.“

Bei all den Fotos entdeckte Sifkovits einen Siegelring mit rotem Stein. Er hatte schon einmal einen solchen Ring in der Hand gehabt. Dieser war jedoch etwas schwerer. Er nahm Ring und Foto an sich.

„Passt. Ich habe alles. Gemma?“, fragte Sifkovits.

„Wohin?“, stellte Fabsits die Gegenfrage.

„Nach Hause. Wann fährt denn der nächste Bus in die Stadt?“

„Morgen in der Früh“, dämpfte Fabsits den Enthusiasmus des Inspektors.

„Wie weit wäre es zu Fuß bis zum Flughafen?“

„37 Kilometer, Herr Sifkovits.“

„Und was machen wir jetzt?“, fragte Sifkovits.

Zwei österreichische Männer verbrachten eine Nacht zusammen, irgendwo in der rumänischen Provinz. Im Keller fand Fabsits zwei Matratzen, die zugegebenermaßen nie den Weg ins Hilton schaffen würden, aber sie waren komfortabel genug, um eine Nacht darauf zu schlafen. Fabsits war Schnarcher. Ein gewohnt heimeliges Gefühl überkam Sifkovits. Er musste an seine Frau denken, die jetzt sicher irgendwo in Kenia dasselbe tat. Er nahm den Ring aus seiner Tasche und studierte die Gravur auf der Innenseite.

„Uhudler. Sve do smrti.“ – „Uhudler. Bis in den Tod.“

26.

Wie ein Damoklesschwert hing das Paris-Foto nach wie vor neben dem Kamin. Mariana Popescu bzw. Tereza Dalca kam mit einer Tasse heißem Wasser aus der Küche. Sie stellte die Tasse vor dem Inspektor auf den Tisch. Dieser tauchte einen Teebeutel in die dampfende Flüssigkeit. Sofort änderte das Wasser seine Farbe. Adrian Popescu bzw. Eugen Dalca saß dem Inspektor gegenüber. Er nippte an einem Cola Zero. Auf dem Tisch lagen ein Foto und ein Ring mit der Gravur „Uhudler. Sve do smrti“. Die Stimmung in dem Raum war angespannt, als läge ein Attentat in der Luft. Schwere Wolken schwebten über den Gesichtern der Anwesenden. Draußen peitschte der Wind dicke Regentropfen an die alten Fenster.

„Was wollen Sie damit sagen, Herr Inspektor?“, fragte Eugen. „Wollen Sie damit sagen, dass Sie in unser Haus eingebrochen sind?“

Sifkovits führte die Tasse zum Mund und verbrannte sich leicht seine Lippen.

„Herr Dalca, ich bin nicht hier, damit wir uns gegenseitig Schuld zuweisen. Ich bin hier, weil ich an der Aufklärung des Falles interessiert bin.“

„Wollen Sie meiner Schwester und mir etwas unterstellen, nachdem Sie rechtswidrig in unser Haus eingedrungen sind?“, fragte Eugen mit kühler Stimme.

„Ich möchte niemandem etwas unterstellen. Das müssen Sie mir glauben. Ich bitte Sie nur, mir zuzuhören, wenn ich meine Version der Geschichte erzähle“, bat der Inspektor den bulligen Mann.

„Bitte, Herr Inspektor. Wir sind ganz Ohr!“, sagte Eugen, während sich seine Schwester zu ihm auf die Couch setzte.

„Aus meiner Sicht, und das ist eine reine Vermutung, Herr Dalca, lief die Sache folgendermaßen ab.“

Sifkovits begann mit seinen Ausführungen.

„Ihre Schwester Valea ist gerade vierzehn Jahre alt. Am 23. Juni 1988 sitzt Valea in der Stube in ihrem Haus bei Cluj. Es ist bereits später Abend. Vermutlich wurde schon zu Abend gegessen. Die ganze Familie macht sich bereit, ins Bett zu gehen. Die beiden kleinen Kinder schlafen schon. Valea sagt, dass sie noch kurz Luftschnappen geht. Da sie das öfter gemacht hat, schenkt niemand der Anwesenden der Aussage besondere Bedeutung. Sie geht hinaus, vermutlich in Richtung Stall. Dort wartet bereits, von den anderen unbemerkt, Alois Stipsits auf sie. Er wird zudringlich, Valea wehrt sich. Es kommt möglicherweise zu einem Handgemenge, bei dem Alois Stipsits diesen Siegelring im Stall verliert. Vielleicht schlägt er Valea bewusstlos und zerrt sie in seinen Bus. Danach fährt er mit ihr nach Österreich. Dort wird sie von Roman Fabsits gesehen. Ich bin mir ziemlich sicher, dass Valea nie wieder nach Rumänien zurückgekehrt ist. Zumindest nicht lebend.

Jahre später, Sie sind schon längst aus Deutschland zurückgekommen, beginnen Sie das Haus Ihrer verstorbenen Eltern zu renovieren. Der Stall wird abgerissen und durch einen modernen Zubau ersetzt. Vermutlich war der Umbau teurer als geplant. Zwischen den Trümmern der abgerissenen Stallungen finden Sie jenen Ring, der hier vor Ihnen auf dem Tisch liegt. Der Ring lässt Ihnen keine Ruhe, weil Sie sicher sind, diesen Ring schon irgendwo einmal gesehen zu haben. Letztlich finden Sie ein Foto, das Alois Stipsits in trauter Zweisamkeit mit Valea zeigt. Es liegt ebenfalls hier am Tisch. Der Siegelring ist an der Hand von Alois Stipsits sehr gut zu erkennen. Sie zählen eins und eins zusammen und finden heraus, wo Alois Stipsits wohnt. Sie überreden Ihre Schwester mitzuspielen, kommen ins Südburgenland, erschleichen sich das Vertrauen von Alois Stipsits und konfrontieren ihn nach einiger Zeit mit Ihren Vermutungen. Vielleicht ist Alois Stipsits geständig und meint, dass alles mit Geld wieder zu bereinigen wäre. Sie denken an Ihr halb fertiges Haus und gehen auf den Deal ein. Sie beginnen, Alois Stipsits zu erpressen. Diverse Kontoaktivitäten beweisen das. Nach einem Dreivierteljahr wird Alois Stipsits tot in seinem Weinkeller gefunden. – Das ist meine Version der Geschichte."

Eugen Dalca erhob sich von der Couch und steuerte auf einen kleinen Tisch zu, auf dem sich einige alkoholische Getränke befanden. Er schenkte sich ein Stamperl Pálinka ein und leerte es in einem Zug.

„Valea hat einmal zu mir gesagt: ‚Der Alois ist ein böser Mensch. Immer wenn er mit mir spielen möchte, schließe ich meine Augen und denke an Amerika'", sagte Eugen ins Leere. „So wie es aussieht, wird sie dort nicht mehr hinkommen." Er leerte ein weiteres Glas. „Zugegeben, ich habe Sie unterschätzt, Herr Inspektor. Ich dachte, dass ich keinen Fehler gemacht habe. Wie sind Sie draufgekommen?"

„Sie waren sehr gut, Herr Dalca", sagte Sifkovits „Es waren viele kleine Puzzleteile: die getrennten Badezimmer, die getrennten Betten, keine Eheringe, die Tatsache, dass im ‚Prösterchen' in Erfurt nie jemand etwas von einem Adrian Popescu gehört hat … aber letztlich hing Ihr größter Fehler immer hier in diesem Raum."

Sifkovits deutete auf das Paris-Foto.

„Das Foto?“, fragte Eugen.

„Ja. Dieses Foto ließ mir keine Ruhe. Immer wieder musste ich darüber nachdenken, bis ich schließlich dahinterkam, was damit nicht stimmte. Es sind die Schatten.“

Eugen betrachtete das Bild.

„Die Schatten, Herr Inspektor?“

„Eine sehr gute Fälschung oder Montage, wie auch immer Sie es nennen wollen. Der Schatten, den Ihre Kappe wirft, ist zu kurz. Er stimmt nicht mit jenem vom Eiffelturm überein. Wenn sich jemand derart große Mühe gibt, ein Foto zu fälschen, dann will man damit nicht seine Nachbarn beeindrucken, sondern den Leuten etwas vorspielen.“

Eugen zeigte sich beeindruckt von den Ermittlungsmethoden des Inspektors.

„Der verdammte Schatten. Wir haben dieses Foto in Cluj aufgenommen und uns danach vor den Eiffelturm gestellt. Heutzutage alles machbar, aber an die Schatten haben wir nicht gedacht.“

Tereza Dalca begann zu weinen. Sie stürzte in die Küche und schloss die Tür hinter sich.

„Das tut mir leid, Herr Dalca“, sagte Sifkovits.

„Sie müssen uns jetzt wohl verhaften, Herr Inspektor.“

Eugen trat nahe an den Inspektor heran.

„Was den Tatbestand der Erpressung betrifft, sind Sie wohl schuldig. Was den Tod von Alois Stipsits betrifft …“

Eugen unterbrach den Inspektor.

„Wollen Sie den letzten Beweis, um den Tod von Alois Stipsits aufzuklären? Dann ist es endlich raus und wir finden Ruhe“, sagte Eugen bestimmt.

Sifkovits nickte. Eugen Dalca führte den Inspektor über

eine Treppe in den ersten Stock des Hauses. Hier hingen noch die Bilder der Vorbesitzerin. Er bedeutete dem Inspektor, eine Tür am Ende des Ganges zu öffnen.

„Hier drinnen!", sagte er.

Sifkovits trat in einen Raum, der völlig leer und unbeheizt war. Er runzelte seine Stirn.

„Was soll da sein?"

Mehr konnte der Inspektor nicht mehr sagen. Er spürte einen kräftigen Schlag auf seinen Hinterkopf.

Dann wurde es schwarz.

27.

Sifkovits wusste nicht, wie lange er ohne Bewusstsein war. Er ging von einer langen Zeitspanne aus, da es draußen bereits dämmerte. Rechts neben sich entdeckte er einen Zettel, auf den Eugen Dalca eine letzte Nachricht an den Inspektor gekritzelt hatte. Das Haus war menschenleer, der grüne Lada Taiga verschwunden.

Sifkovits fuhr zurück nach Stinatz und ließ sich die Beule, die er bei dem Sturz erlitten hatte, von seiner Mutter versorgen.

„Spatzl, was machst du denn immer für einen Blödsinn? Hast unbedingt zur Polizei gehen müssen? Hättest du nicht Gemeindebediensteter werden können oder Schülerlotse? Da wäre dir so etwas nicht passiert!“, jammerte Baba mit sorgenvoller Stimme.

„Geh, Mama, auf der Gemeinde ist es auch gefährlich. Was ist, wenn du im Büro einschläfst und zwischen zwei Antragsformularen erstickst?“

„Mach jetzt keine blöden Witze“, mahnte seine Mutter. „Soll ich dir was zu essen machen? Vielleicht eine Erdäpfelsauce?“

„Ja, bitte, Mama. Das wäre ein Hit“, antwortete der Inspektor. „Ich geh schnell telefonieren.“

Nach einem längeren Telefonat mit Oberst Taschner wartete Sifkovits auf dessen Rückruf.

Die Erdäpfelsauce war bereits aufgegessen, als sich sein Vorgesetzter eine Stunde später zurückmeldete. Diesmal hatte der Oberst die Staatsanwältin überzeugen können. Die Fahndung nach Eugen und Tereza Dalca wurde eingeleitet, der Fall Stipsits offiziell als Mord behandelt. Auf den Inspektor wartete eine der unangenehmsten Aufgaben, denen ein Kriminalbeamter beiwohnen muss: die Exhumierung einer Leiche.

Sifkovits bat die Kollegen von der Spurensicherung um äußerste Diskretion. Niemand außer Jauntschi, dem Totengräber von Stinatz, sollte von dem nächtlichen „Leichendiebstahl" etwas mitbekommen.

„Als wäre es nie passiert, Schiffi", sagte Jauntschi, nachdem er das Grab zugeschaufelt und wieder in seinen ursprünglichen Zustand versetzt hatte.

„Danke. Hast was gut bei mir."

Der Inspektor klopfte dem Totengräber auf die Schulter.

„Kannst du nicht dafür sorgen, dass deine Schwester mit mir ausgeht?"

Sifkovits hatte mit allem gerechnet, nur nicht mit dieser Bitte.

„Sie ist verheiratet", versuchte er Jauntschis Hoffnungen zu schmälern.

„Aber schlecht."

„Ich werde schauen, was ich tun kann", sagte er.

„Sag ihr, ich bin so schlecht im Bett, das muss sie einmal erlebt haben."

Sifkovits bezweifelte, dass er seine Schwester mit dieser Aussage von Jauntschi überzeugen konnte. Er steckte dem Totengräber einen Hunderter zu und verließ den Friedhof.

Wenig später lagen die sterblichen Überreste von Alois Stipsits in der Gerichtsmedizin Oberwart. Dr. Miksch blies in seine Latexhandschuhe und begann den toten Weinbauern aufzuschneiden.

„Wo wollen S' denn hin?", fragte die resolute Dame am Empfang des LKH Oberwart.

Sifkovits hatte sich gleich auf den Weg in die Gerichtsmedizin gemacht.

„Zum Dr. Miksch. Gruppeninspektor Sifkovits vom LKA Eisenstadt."

„Das kann ein jeder sagen", fauchte die Empfangsdame hinter der Scheibe.

„Ich habe meinen Ausweis im Auto vergessen, aber ich habe Ihnen etwas mitgebracht." Sifkovits zückte eine Bonbonniere und drückte sie gegen die Scheibe.

Argwöhnisch wurden die Pralinen von der Dame begutachtet.

„Ah, das sind die mit Nüssen. Die mag i ned!"

„Verstehe." Wie bei seinem letzten Besuch scheiterte der Inspektor an der korrekten Dienstauffassung der Empfangsdame. „Dann werde ich wohl meinen Ausweis holen müssen."

„Das glaube ich auch. Aber lassen S' die Bonbonniere ruhig da."

Kurze Zeit später stand der Inspektor im Obduktionssaal der Gerichtsmedizin. Ein fürchterlicher Geruch drang in seine Nase und ließ seine Augen tränen.

„Boah, irgendwie riecht es da nach Rehgulasch, das schon einen leichten Stich hat", stellte der Inspektor fest.

„Das ist der alte Stipsits!", klärte ihn Dr. Miksch auf.

Sifkovits mochte den Humor des Gerichtsmediziners. Er war so trocken wie Knäckebrot.

„Sie wissen doch, Herr Inspektor, eine Woche vor sich hin dampfen, das lässt eine Leiche nicht kalt. Ich sage Ihnen ehrlich, ich habe schon so viele Leichen aufgeschnitten, mittlerweile habe ich mich an diesen Leichengeruch gewohnt. Ich möchte nicht sagen, dass der Geruch eine Raumerfrischung im angenehmen Sinn darstellt, aber der Geruch hat im Laufe der Zeit fast etwas Anheimelndes für mich bekommen. Für einen Gerichtsmediziner gibt's ja nichts Schöneres, als eine Leiche aufzuschneiden, die schon eine Woche vor sich hin gärt. Noch besser gefallen mir die Wasserleichen, wenn beim ersten Schnitt diese süßliche Luft aus dem Körper entweicht …"

Sifkovits unterbrach ihn.

„Danke, Herr Doktor. Vielleicht sollten wir jetzt zum Wesentlichen kommen."

„Ja, genau. Herr Inspektor, Sie werden staunen, aber wir haben nichts gefunden."

Für einen kurzen Moment schien die Umgebung vor Sifkovits' Augen zu verschwimmen. Schwindel befiel den Inspektor und die Stimme von Miksch war nur mehr von Weitem zu hören. Damit hatte er nicht gerechnet. Mit einem lauten „verdammt" holte er sich wieder zurück in die Realität.

„Warum verdammt?", fragte ein überraschter Miksch. „Das ist gut, Herr Inspektor."

„Wie jetzt? Warum ist das gut?"

Sifkovits verstand die Welt nicht mehr.

Der Gerichtsmediziner klärte ihn auf: „Schauen Sie, wenn der Alois Stipsits tatsächlich an den Gärgasen erstickt wäre, dann hätten wir in seinem Blut eine hohe CO_2-Konzentration festgestellt. Haben wir aber nicht. Ergo: Alois Stipsits war bereits tot, als er in den Weinkeller gelegt wurde."

Sifkovits sah ein Licht über sich schweben. Es war jenes, das ihm gerade aufging.

„Jetzt verstehe ich Sie, Herr Doktor."

„Na bitte. Was wir gefunden haben, sind Spuren von einem Herzmedikament, zugegeben in etwas hoher Dosis, aber er war ja herzkrank, also nichts Ungewöhnliches, dann Spuren von einem Schlafmittel und Spuren von einer Substanz, die wir nicht zuordnen konnten. Möglicherweise hat dieser Cocktail, diese Dreifaltigkeit, wenn Sie so wollen, zum Herzstillstand geführt. Das kann ich Ihnen aber nicht hundertprozentig bestätigen. Des Weiteren fanden sich in seinem Magen Reste von Flüssigkeiten, Wasser und Uhudler und ein halbwegs verdautes Rahmgulasch. Offensichtlich hatte der Verstorbene eine Milchzucker-Unverträglichkeit."

„Verstehe. Was ist das noch einmal genau?", fragte er, ohne sich eine Blöße zu geben.

„Laktoseintoleranz. Der Sauerrahm war laktosefrei", beantwortete der Doktor die Frage.

Und immer wieder dieses Licht über Sifkovits' Kopf.

28.

Das Eingangstor stand offen. Sifkovits steuerte seinen grünen Peugeot in den Innenhof von Familie Stipsits. Mit schrillen Schleifgeräuschen kam der Wagen zum Stehen. Unzählige gelbe Blätter zierten den Asphalt. Schon bald würde das Christkind beginnen, Kekse für Weihnachten zu backen. Das Garagentor war geöffnet. Sifkovits stapfte durch den goldenen Laubweg. Er läutete an der Eingangstür. Nach kurzer Zeit wurde ihm von Bettina Stipsits geöffnet.

„Guten Tag, Herr Inspektor. Was für eine schöne Überraschung", sagte die sympathische Frau.

„Hallo, Bettina."

„Bitte, kommen Sie herein." Bettina führte den Inspektor durch den Vorraum ins Wohnzimmer. „Mama, der Inspektor ist da", rief sie in Richtung Badezimmer.

„Es tut mir leid, dass ich Sie nochmal belästigen muss", entschuldigte sich Sifkovits.

Christa Stipsits kam aus dem Badezimmer.

„Sie belästigen uns in keiner Weise", sagte sie zum Inspektor.

„Grüß Gott, Frau Stipsits."

Bettina öffnete eine Lade in der Küche.

„Sie haben Glück, Herr Inspektor, ich habe ganz frischen Käsepappeltee für Sie gemischt."

„Vielen Dank, Bettina. Ich könnte wirklich ein warmes Getränk vertagen. Langsam wird's mir draußen zu kalt."

Sifkovits versuchte noch etwas Small Talk zu betreiben. Sein Besuch hatte jedoch eigentlich ganz andere Gründe. Die Gruppe nahm im Wohnzimmer Platz. Frau Stipsits stellte einen Teller mit Buttercremeschnitten auf den Tisch.

„Wie geht's Ihnen, Frau Stipsits?", wollte der Inspektor von der eleganten Dame wissen.

„Den Umständen entsprechend gut. Meine Tochter und ich sind froh, dass das Begräbnis endlich erledigt ist und der Papa seinen Frieden finden kann. Ich möchte mich übrigens bei Ihnen bedanken für die schönen Fürbitten, die Sie für meinen Mann gelesen haben."

„Keine Ursache, Frau Stipsits. Darf ich mir eine Cremeschnitte nehmen?", fragte Sifkovits

Frau Stipsits lächelte zufrieden.

„Natürlich, dafür sind sie ja da. Habe ich gestern frisch gemacht."

Genüsslich biss der Inspektor in die Zucker- und Kalorienbombe. Bei Buttercremeschnitten, wie der Name schon sagt, ist eine Zutat in übermäßigem Anteil enorm wichtig: Butter. Frau Stipsits' Buttercremeschnitten waren nach Sifkovits' Dafürhalten, der die Buttercremeschnitten seiner Mutter kannte, sagen wir mal, etwas leicht. Sifkovits wollte es einfach nicht in den Kopf gehen, warum viele Menschen dem Trend folgten, ungesunde Speisen auf gesund zu trimmen. Pommes gehörten in Öl herausgebacken und nicht ins Backrohr. Eine Eierspeis ohne Butterschmalz ist so unglaubwürdig wie Alexander van der Bellen in einem Bugatti. Und Palatschinken sollte man grundsätzlich nicht mit Mandelmehl in der beschichteten Pfanne zubereiten, sondern mit Weizenmehl und viel Fett. Auf der anderen Seite hörte man in Stinatz auch Sätze wie: „Heute habe ich was Gesundes gekocht: Eiernockerl." Fleischlos war ein Synonym für gesund und Reisfleisch zählte zu den vegetarischen Gerichten.

Sifkovits würgte den trockenen Margarineziegel hinunter. Nun war es an der Zeit, den Small Talk zu beenden.

„Frau Stipsits, ich habe leider schlechte Nachrichten für Sie", sagte er.

Skeptisch blickend lauschte Frau Stipsits dem Inspektor.

„Wir haben viele Indizien dafür, dass Ihr Mann nicht durch einen Unfall ums Leben kam, sondern ermordet wurde." Es hatte es ausgesprochen.

Frau Stipsits verzog keine Miene. Sie konnte nicht glauben, was sie soeben hörte.

„Was ist mit dem Papa?", fragte Bettina. „War es ein Verbrechen? So, wie wir einmal vermutet hatten?"

„Ja, leider Bettina. Wir gehen stark davon aus. Die Beweislage zeigt, dass wahrscheinlich die Familie Popescu für den Tod Ihres Vaters verantwortlich ist. Die beiden befinden sich zurzeit auf der Flucht. Es wird bereits nach ihnen gefahndet."

Sifkovits griff zu seinem Tee.

Frau Stipsits löste sich aus ihrer stoischen Ruhe.

„Wir hätten denen nie über den Weg trauen sollen!", fauchte sie. „Bettina, ich habe dir immer gesagt, dass bei dem Adrian irgendwas nicht stimmt."

„Mama, bitte reg dich nicht auf", versuchte Bettina ihre Mutter zu beruhigen. „Warum sollten die Popescus meinen Vater getötet haben?"

„Das hat mehrere Gründe", sagte Sifkovits. „ Mit ziemlicher Sicherheit wurde Ihr Mann von Herrn und Frau Popescu, die in Wahrheit Dalca heißen und kein Ehepaar sind, sondern Geschwister, erpresst. Und was ich Ihnen jetzt sage, wird enorm unangenehm für Sie sein, aber es ist meine

Pflicht als Kriminalbeamter, Sie über alle Ermittlungsdetails zu informieren.

Die Geschwister Dalca hatten noch eine ältere Schwester, Valea. Mit dieser Valea hatte Ihr Vater offenbar ein Verhältnis."

Frau Stipsits schlug die Hände vors Gesicht. Ihre Tochter nahm sie in den Arm.

„Und leider", führte Sifkovits weiter aus, „handelte es sich dabei um ein minderjähriges Mädchen. Anscheinend hat Ihr Vater dieses Mädchen bei seinen Schmuggelreisen nach Rumänien kennengelernt. Wie alt Valea war, als Ihr Vater ein Verhältnis mit ihr begann, können wir nicht sagen. Mitte 1988 ist Valea Dalca spurlos verschwunden. Die bisherigen Ermittlungen legen den Verdacht nahe, dass Valea Dalca in Burgauberg von Alois Stipsits ermordet wurde. Vermutlich wurde die Leiche des jungen Mädchens irgendwo hier am Grundstück verscharrt." Sifkovits machte eine kurze Pause. „Es tut mir schrecklich leid, Frau Stipsits. Für Sie auch, Bettina."

Christa Stipsits brach in Tränen aus.

Sifkovits dachte an den alten Spruch, dass man in keinen Menschen hinsehen könne. Beinahe jeder hat seine Leiche im Keller. Immer wieder hatte er überraschte Eltern erlebt, die nicht glauben konnten, dass ihr Kind mit Drogen in Berührung gekommen war. Die freundlichsten Nachbarn waren oftmals die brutalsten Täter. Menschen führten ein Leben mit zwei Familien, ohne dass diese voneinander wussten. Bettina brachte ihrer Mutter ein Glas Wasser. Langsam kam sie zur Ruhe.

„Frau Stipsits, haben Sie irgendetwas davon mitbekommen?"

Sifkovits kannte die Antwort.

„Nein. Wann war das?", fragte Christa.

„Mitte, Ende der 80er-Jahre", antwortete der Inspektor.

Frau Stipsits überlegte kurz.

„Zu der Zeit habe ich meine kranke Mutter gepflegt. Bettina war noch ganz klein und kein einfaches Kind. Meine Tochter und ich waren die meiste Zeit nicht da. Wir waren gerade dabei, dieses Haus zu bauen, alles war eine riesige Baustelle, wir hatten finanzielle Engpässe, mussten unseren Betrieb aufbauen, ich hatte wirklich keine Zeit, um das Leben meines Mannes zu beobachten."

Sifkovits konnte Frau Stipsits gut verstehen. Die ganze Zeit rannte man dem perfekten Leben hinterher, und wenn es dann so weit war, waren die Kinder aus dem Haus und man selber in Pension.

„Wie geht's jetzt weiter, Herr Inspektor?", fragte Bettina.

Sifkovits nahm sich noch ein Stück Buttercremeschnitte. Aus Höflichkeit.

„Sehr gut sind die!"

Ein knappes dankendes Nicken von Frau Stipsits zeigte dem Inspektor, dass er zur Sache kommen sollte.

„Folgendermaßen: Nächste Woche werde ich mit Kollegen von der Spurensicherung und einigen Leichenhunden zu Ihnen kommen, um Ihr Grundstück zu inspizieren. Es wird auch ein kleiner Bagger vor Ort sein, um nach der Leiche von Valea Dalca zu suchen. Die daraus entstehenden Schäden am Grundstück werden Ihnen natürlich in vollem Umfang abgegolten."

Frau Stipsits schüttelte den Kopf. Verzweiflung breitete sich in ihrem Gesicht aus. Was werden die Leute sagen? Wenn das rauskommt, werden uns die Leute meiden, konnte man in ihrem Antlitz lesen.

„Mama, wir müssen dem zustimmen“, sagte Bettina. „Wenn der Papa wirklich jemanden getötet hat, dann gehört das lückenlos aufgeklärt.“

Dann wandte sie sich Sifkovits zu.

„Herr Inspektor, tun Sie alles, was nötig ist, wir werden Ihnen keine Steine in den Weg legen.“

Bettina blickte zu ihrer Mutter. Christa Stipsits gab ebenfalls ihre Zustimmung.

„Vielen Dank“, sagte Sifkovits. „Es tut mir leid, dass ich keine besseren Nachrichten für Sie hatte.“

Bettina meinte, dass Sifkovits auch nur seine Arbeit mache, und zeigte sich in vollem Ausmaß verständnisvoll und kooperativ.

„Frau Stipsits, Sie haben jetzt ohnehin noch ein paar Tage. Wir beginnen erst am Montag. Vielleicht haben Sie jemanden, zu dem Sie ab nächster Woche ziehen können, oder in ein Hotel. Ich schätze, dass wir schon eine Woche benötigen werden und eventuell ist es für Sie angenehmer, wenn Sie bei der Suche nicht vor Ort sind.“

Frau Stipsits stimmte dem Vorschlag des Inspektors zu.

„Und was ist, wenn Sie dieses Mädchen nicht hier bei uns am Grundstück finden?“, fragte sie.

„Dann bleibt dieser Mord unaufgeklärt“, antwortete der Inspektor trocken.

„Tun Sie, was Sie tun müssen“, sagte die elegante Frau.

„Danke. So. Jetzt lass ich Sie in Frieden.“

Sifkovits stand schon in der Tür, als er sich nochmals umdrehte.

„Eine Frage noch …“

Bettina nickte.

„Sie haben vielleicht gehört, wie furchtbar mein Auto

klingt. Ich brauche gar nicht zu hupen, ich steige einfach auf die Bremse. Dürfte ich mich vielleicht ganz kurz über ihre KFZ-Grube in der Garage stellen, damit ich von unten nachschauen kann?“

„Natürlich“, sagte Christa.

„Vielen Dank. Auf Wiedersehen.“ Sifkovits ging endgültig durch die Tür.

Er stellte sein Auto über der KFZ-Grube ab und ging die Treppe nach unten. In der Grube konnte der Inspektor nicht aufrecht stehen. Er blickte auf den Unterboden seines Peugeot.

„Ja, ja. Ich kenn mich aus!“, sagte er zu sich.

29.

Wenn ich mir die Natur ansehe, dann werde ich zum Optimisten. Wenn ich mir die Menschen ansehe, dann werde ich zum Pessimisten. Ich bin bereits weiter. Mein Körper ist noch in der Gegenwart, hier in der Garage, aber mein Geist wähnt sich schon längst im sicheren Hafen der Zukunft.

Niemand wird mich finden. Niemand wird sie finden. Die Wahrheit liegt vor mir, während andere an den falschen Plätzen nach ihr suchen. Die Erde ist geduldig. Ich baue der Lüge meiner Tat ein solides Fundament.

Um mich herum bilden sich immer dicker werdende Staubwolken. Beinahe die Hälfte der Fläche habe ich schon freigelegt. Es kostet mich viel Kraft. Ich schmecke Salz und Beton auf meinen Lippen. Nur noch dieses Detail auslöschen, dann kann ich abschließen. Mich wieder öffnen, mich daran erfreuen, dass die Sonne aufgeht, diese Lust auf einen Morgen, der erwacht. Etwas, das ich längst vergessen glaubte, war auf dem besten Wege, wieder zu mir zurückzufliegen.

Ich werde mich an den gespannten Schwingen festhalten und in die Höhe steigen. Bald werdet ihr da unten nur mehr kleine Punkte in der Landschaft sein. Unbedeutend, zwergenhaft und ebenso schuldig wie ich. Nein, nicht was ihr denkt. Ganz im Gegenteil. Ich werde leben.

Ich komme aus meiner Käseglocke gekrochen und rotze euch eure Armseligkeit vor die Füße. Weil ihr nicht wisst, dass das Gegenteil von Liebe nicht Hass ist, sondern Angst.

Der viele Staub löst Hustenreiz bei mir aus. Für einen kurzen Moment lege ich das schwere Gerät zur Seite. Langsam atme ich die Luft der Vergangenheit in meine Lungen. Ich schätze, dass ich etwa noch fünf Stunden benötigen werde. Gott sei Dank bin ich nicht allein. Meine Mutter steht auch in der Garage und hilft mir. Jemand betätigt plötzlich einen Schalter. Er ist der lang ersehnte Scheinwerfer, der die Wahrheit endlich ans Licht bringt.

30.

„Herr Inspektor!“

Christa und Bettina Stipsits blickten in das Gesicht von Gruppeninspektor Sifkovits, der vor ihnen in der Garage stand.

„Grüß Gott, Frau Stipsits. Hallo, Bettina“, sagte er.

Zu seinen Füßen lag der zur Hälfte aufgestemmte Unterboden der KFZ-Grube. Darunter kamen einige Knochenteile zum Vorschein. Die beiden Damen legten ihr Werkzeug beiseite und stiegen aus dem als KFZ-Grube getarnten Grab.

„Valea Dalca, nehme ich an.“

„Ich schäme mich, Herr Inspektor“, beteuerte Christa Stipsits.

Er nickte kurz.

„Ich war mir von Anfang an sicher, dass Sie etwas mit der Sache zu tun haben, Frau Stipsits.“

„Warum?“, wollte Christa Stipsits wissen.

„Die Hagelschäden am Auto Ihres verstorbenen Mannes. Ich konnte es mir einfach nicht erklären. Warum fährt jemand in seinen Weinkeller und bringt bei Hagel sein teures Fahrzeug nicht in Sicherheit? Lange Zeit dachte ich, dass er vielleicht zum Zeitpunkt seines Anrufes kurz vor neun woanders gewesen ist. Beim Priela wäre er vor dem Hagel geschützt gewesen, dort war er aber nicht. Beim Geschwisterpaar Dalca wäre das Fahrzeug zwar nicht vor dem Hagel geschützt gewesen, aber dort war er auch nicht. Er war nirgendwo, weil er bereits nicht mehr lebte, als Sie den Anruf fingierten. Das hat mir die Sache mit seinem Gürtel bestätigt. Ich war in Stegersbach im Leichenschauhaus und habe die Kleidungsstücke Ihres Mannes untersucht. Dabei ist mir sein Gürtel aufgefallen oder, besser gesagt: die Art und Weise, wie er in die Hose eingefädelt wurde. Schauen Sie."

Sifkovits demonstrierte seine Entdeckung anhand seines Gürtels.

„Ein Rechtshänder fädelt seinen Gürtel instinktiv von sich aus gesehen über die linke Hüfte ein, sodass die Gürtelschnalle auf der linken Seite sitzt. Wenn aber vor einem Rechtshänder ein Körper auf dem Boden liegt, dann fädelt er den Gürtel auch intuitiv über die linke Seite ein. Wenn aber die Körper aufgestellt wird und damit seine Richtung ändert, dann ist der Gürtel über die rechte Hüfte eingefädelt und die Gürtelschnalle befindet sich auf der rechten Seite.

Bei einem Linkshänder würde es passen, aber Bettina hat mir nach der Messe erzählt, dass Ihr Mann kein Linkshänder war. Markus Priela ist Linkshänder. Bei ihm hätte die Richtung des Gürtels gestimmt, wenn er diesen auf einen leblosen Körper gewickelt hätte. Also wurden die Kleidungsstücke Ihrem Mann erst nach seinem Tod angezogen. Weder Herr Priela noch die Geschwister Dalca hatten darauf Zugriff. Den letzten Beweis brachte mir letztlich Ihre Krankheit, Frau Stipsits. Man hat im Körper Ihres Mannes einige Substanzen gefunden, die vermutlich zu seinem Tod geführt haben. Wahrscheinlich konnten Sie, Bettina, diese Substanzen leicht aus der Apotheke, in der Sie arbeiten, entwenden. Ihr Mann hat vor seinem Tod ein Rahmgulasch gegessen, mit laktosefreiem Sauerrahm.

Und letztlich diese KFZ-Grube. Von Anfang an bereitete mir diese Grube Kopfzerbrechen. Das Niveau des Bodens ist zu hoch. Selbst Ihr Mann konnte nicht aufrecht darin stehen, wenn er den Unterboden eines Fahrzeugs begutachten wollte. Legt man sich auf den Boden, ist der Abstand zum Unterboden wiederum zu groß. Die Grube hat keinen Sinn. 1988 ist Valea Dalca verschwunden, Ihr Haus war eine Baustelle … Ich glaube, Sie wissen, worauf ich hinauswill. Am besten versteckt man eine Leiche dort, wo man am wenigsten nach ihr suchen würde. Direkt vor den Augen der Ermittler. Man sieht so den sprichwörtlichen Wald vor lauter Bäumen nicht. Niemand außer Ihnen und Ihrem Mann wusste, dass sich darunter die Überreste von Valea befinden. Ich vermute, dass Sie erst vor Kurzem hinter sein Geheimnis gekommen sind. Falls er geständig war, würde mir Rache als Motiv einleuchten. Noch dazu hatte ihr Mann eine ordentliche Lebensversicherung, die natürlich bei einem Unfalltod ausbezahlt wird."

Frau Stipsits senkte den Kopf.

„Ich bin erst vor Kurzem draufgekommen, was mein Mann in der Vergangenheit getrieben hat. Seit diese rumänische Familie hier ist, hat er sich verändert. Er war gereizt, nervös, unruhig, schluckte Beruhigungsmittel und griff immer öfter zum Alkohol. Das machte mir Sorgen und mein Misstrauen wurde geweckt. Ich habe zu schnüffeln begonnen und wurde fündig. Hier in der Garage hinter einer blinden Fliese habe ich einen Zeitungsartikel aus Rumänien gefunden. Auf einem Foto war ein junges Mädchen abgebildet. Mit dem Google-Übersetzer konnte ich herausfinden, dass dieses Mädchen vermisst wurde. Dann fand ich Fotos, die meinen Mann mit diesem jungen Mädchen zeigten. Ich habe ihn damit konfrontiert. Er hat es geleugnet. Das Schwein traute sich nicht, mir die Wahrheit zu sagen. Während ich meine kranke Mutter pflegte, ließ er sich von diesem armen Mädchen massieren …"

„Und dann, Herr Inspektor“, sagte Bettina Stipsits, „brach es aus mir heraus. Es war meine Idee, meinen Vater zu töten. In mir kam es zu einem Vulkanausbruch. All die aufgestauten Demütigungen fanden ihren Weg in die Freiheit. Meine quälenden Geister lernten endlich fliegen. Ich habe mich wieder daran erinnert. Obwohl ich es all die Jahre vergessen wollte, als wäre es nicht passiert. Als wäre es ein böser Traum, aus dem ich nie erwacht bin.

Mein Vater hat sich nicht nur an Valea Dalca vergriffen, sondern auch an mir. Sie können sich gar nicht vorstellen, welche Ängste ich jede Nacht durchlitten habe. Ständig hatte ich das Gefühl, als würde mir jemand eine Schlinge um den Hals legen. Oft habe ich daran gedacht, mir das Leben zu nehmen. Diese Panik, wann wird er kommen, wird er nach Wein riechen, wird er seinen verschwitzten Körper an meinem reiben? Wenn er meine Hand zu seinem Glied geführt hat, fiel ich in ein tiefes Loch und ließ es einfach geschehen. Danach musste ich mich erbrechen und wusch mir das Gift von meinem Körper. Dieser Schmutz klebt nach wie vor in meinem Kopf. Ich habe Gänsehaut im Hirn und bin ein Engel mit gebrochenen Flügeln. Es gibt keine Heilung.

Dann hörte es plötzlich auf, wahrscheinlich wurde ich ihm zu alt. All die Jahre habe ich mit niemandem darüber gesprochen, weil ich mich schämte, weil ich mich dreckig fühlte. Ich habe seitdem ein gestörtes Verhältnis zu Männern und meine Beziehungen waren alle nie von langer Dauer.

Ich hatte Klebstoff in meinem Mund. Einem Mund, der schmutzige Dinge ertragen musste. Als die Sache mit Valea langsam ans Licht kam, brachen bei mir alle Dämme. Ich habe ihm vorgegaukelt, dass ich ihm verziehen hätte, dass wir zu Polizei gehen würden, um das Ganze als Familie durchzustehen. Wie blöd er doch war!

Dann, an jenem Tag, kochte meine Mutter ein Rahmgulasch für die Sau. Ich habe ihm etwas hineingemischt. Ich hatte das Gefühl, als sei es sein eigenes Ejakulat, an dem er ersticken sollte. Das Tier hat noch eine letzte Henkersmahlzeit bekommen. Ich werde nie vergessen, wie genussvoll er die Fleischstücke in seinen Körper stopfte. Wie das Fett über sein Kinn geronnen ist. Dann war's aus! Wir haben ihn kurz nach zwölf in den Keller gebracht und den Ventilator ausgesteckt. Ich bin schuldig, Herr Inspektor. Ich werde mich vor Gericht kooperativ zeigen, aber Reue können Sie keine von mir erwarten."

Bettina Stipsits sackte zu Boden. Sie lehnte sich mit dem Rücken an die Garagenwand und starrte ins Leere. Sie wirkte auf eine eigentümliche Art befreit.

„Sollen wir jetzt mitkommen, Herr Inspektor?", fragte Christa Stipsits.

„Gleich", antwortete der Inspektor. „Es mag jetzt vielleicht blöd klingen, aber ich würde mit Ihnen gern noch ein Glaserl Uhudler trinken."

Christa und Bettina Stipsits lächelten.

31.

Einige Tage später öffnete Roman Fabsits Inspektor Sifkovits die Tür zu seiner kleinen Wohnung. Sifkovits traute seinen Augen nicht. Die Wohnung war picobello aufgeräumt. Roman Fabsits trug einen makellosen grauen Anzug. Er hatte die Haare geschnitten und sich rasiert.

„Herr Fabsits, was ist passiert? Haben Sie eine Putzfrau?“, fragte der Inspektor erstaunt.

„Nein, Herr Inspektor. Das habe ich alles selbst gemacht. Hat eh drei Tage gedauert, obwohl die Wohnung nur 33 Quadratmeter hat. Ich wollte schon den Wirtschaftshof kommen lassen, weil einige Reste, die ich in meiner Küche gefunden habe, gelten wahrscheinlich schon als Sondermüll.“

Sifkovits zeigte sich mehr als beeindruckt. Da hatte jemand anscheinend die Kurve gekratzt.

„Warum diese fesche Aufmachung?“, fragte er.

„Ich habe wieder eine Arbeit. Sie können sich gar nicht vorstellen, wie froh ich darüber bin.“

Im Gesicht von Roman Fabsits konnte man lesen, dass er sich wirklich freute.

„Wo denn?“

Die Antwort überraschte den Inspektor dann doch etwas.

„Beim Priela. Der braucht ab sofort einen zuverlässigen Mann mit Erfahrung …“

Darauf Sifkovits: „Da sind Sie der Beste!“

Fabsits rührte die Aussage des Inspektors.

„Danke Ihnen! Die Sauferei lasse ich jetzt auch einmal bleiben. Musketiere schau ich mir in Zukunft nur mehr im Fernsehen an. Ein paar Jahre habe ich doch noch bis zur

Pension und die möchte ich gut verbringen. Wissen S' eh. Schritt für Schritt. Zuerst die Wohnung, jetzt die Arbeit und wer weiß, vielleicht klappt's dann auch noch mit einer Frau. Warum sind Sie gekommen, Herr Inspektor?"

„Ich wollte mich nochmal bei Ihnen für die Hilfe bedanken und dass Sie mit mir nach Rumänien geflogen sind."

Sifkovits reichte ihm die Hand.

„Keine Ursache, Herr Inspektor. Jederzeit wieder", antwortete er.

„Machen Sie's gut. Und viel Erfolg im neuen Job."

Die Eingangstür war bereits geöffnet, als sich der Inspektor noch einmal umdrehte.

„Und noch was, Herr Fabsits: Sie schnarchen. Weil Sie vorher von einer Frau gesprochen haben. Nur damit Sie es wissen. Pfiat Ihnen!"

Dann war er im Stiegenhaus verschwunden.

Sifkovits parkte seine grünen Peugeot 206 mit einem unerträglichen Schleifgeräusch vor dem Gasthaus Stinatzerhof. Heute war ein besonderer Tag, denn Katrin, die Chefin vom Stinatzerhof, kochte „Berlusconi". Dabei handelte es sich nicht um die kannibalische Verspeisung eines Politikers, sondern um ein beliebtes Gericht, das in Stinatz gerne gegessen wurde.

Berlusconi war ursprünglich nur mit Käse überbackenes Schwarzbrot. Im Laufe der Zeit kamen einige Zutaten hinzu: Zwiebel, Geselchtes vom Stinatzerhof, scharfe Pfefferoni und Knoblauch. Es gibt viele Legenden, woher der Name Berlusconi kommt. Wahrscheinlich kommt er daher, dass das Gericht im Laufe der Jahre immer schärfer wurde wie der operierte Politiker aus Italien.

Katrin, die Chefin des Stinatzerhofs, bereitete dieses Brot so köstlich zu, dass selbst die alteingesessenen Köchinnen von Stinatz diesem Gericht nicht widerstehen konnten. Berlusconi stand nicht auf der Karte und wurde daher nur von Insidern bestellt. Mittlerweile gab es aber auch schon einige Auswärtige, die extra wegen Berlusconi nach Stinatz kamen.

Sifkovits betrat die an die 80er-Jahre erinnernde Gaststube. Eine lange Theke, gegenüber einfache Tische und mit gemustertem Stoff überzogene Bänke. Die Muster waren bereits in den 60er-Jahren retro. An der Wand hing ein großes Bild, das den alten Wirt mit dem jungen Ostbahn-Kurti zeigte. In dem Saal, der sich nach den Bänken links befand, stand ein alter Wurlitzer. Bestückt war er nur mit zwei Musikrichtungen: Stones und Schlager. Heute war Schlagertag. Irgendjemand hatte den Roy-Black-Klassiker „Geträumt" gedrückt.

„Geträumt.
Haben wir alles nur geträumt?
Diesen Lichtschein am Horizont.
Hatten wir nicht das Ziel, Atlantis zu seh'n?
Und den Mut mit Atlantis unterzugeh'n?
Haben wir alles nur geträumt?"

Maikits hatte bereits am Stammtisch Platz genommen.

„Servus Schiffi. Setz dich her", grüßte der Greißler überschwänglich, um gleich danach nach der Wirtin zu rufen. „Katrin. Zwei große Pfirsichmischungen. Was der Schiffi trinkt, weiß ich nicht."

„Wahrscheinlich wird er nur heißes Wasser wollen", sagte Katrin.

Der Inspektor nickte zustimmend. Nach kurzer Zeit hatte Sifkovits heißes Wasser vor sich am Tisch stehen. Er zog aus seiner Tasche ein rundes, metallisches Ding hervor, an dem eine Kette hing. Maikits war irritiert.

„Was is das? Ist das eine Taschenuhr ohne Zeiger?"

„Nein, Franz. Das ist ein Tee-Ei. Das hat mir jemand vor Kurzem geschenkt. Mit einem selbst zusammengemischtem Käsepappeltee. Leider werde ich diese Teemischung längere Zeit nicht mehr bekommen. Ich schätze, bei guter Führung, an die zwölf Jahre, deshalb möchte ich das jetzt genießen."

„Ja, wie du meinst. Es ist dein Magen. Mir wäre des zu hantig, weil mein Magen da nicht mitzieht", sagte Maikits.

Danach leerte er die erste Pfirsichmischung auf ex.

„Was is? Bleibst jetzt länger in Stinatz? Hast ja noch Urlaub."

Maikits griff zum zweiten Glas.

„Nein. Ich fahre morgen wieder nach Hause."

„Da ist dein Zuhause!", sagte Maikits streng.

„Ja eh, aber morgen kommt die Carina heim, aus Kenia", erläuterte Sifkovits seine Pläne. „Außerdem muss ich mein Auto noch zum Wagner bringen. Das klingt schon echt gefährlich."

„Ach so, deine Frau kommt nach Hause, von diesen grenzenlosen Ärzten …"

„Ja, so ähnlich."

Der Inspektor korrigierte Maikits' Fehler nicht.

Baba Sifkovits betrat die Gaststube.

„Griaß euch. Habt's ihr schon Berlusconi bestellt?", fragte sie die beiden Herren.

„Baba, das hab ich schon längst in Auftrag gegeben", antwortete der Greißler.

Baba ließ sich auf die Bank fallen.

„Mein Gott, Spatzl, was du immer für Sachen erlebst in deinem Beruf. Der alte Stipsits war schon ein Schwein, was? Jetzt haben sich noch zwei Frauen gemeldet, die er belästigt hat."

„Wirklich?"

Maikits bestellte nach.

„Na, wenn ich dir sage. Eine aus Allhau und eine aus St. Magdalena, vom Steirischen. Bis dorthin hat der seine Kreise gezogen. Gott sei Dank sind diese Frauen so mutig und trauen sich endlich, über das zu sprechen. Dass immer erst etwas passieren muss, damit man uns Glauben schenkt. Traurig."

Sifkovits konnte seine Mutter absolut verstehen. Schon bei anderen Fällen hatte es sich gezeigt, dass viele Frauen hart kämpfen mussten, um gehört zu werden.

„Ich bin schon neugierig, wie Berlusconi heute schmeckt", wechselte Baba das Thema. „Manchmal gibt die Katrin ein bissl zu viel Knoblauch dazu."

„Mama, es grenzt an Unsportlichkeit, wenn du das Essen von jemandem anderen bewertest."

Baba wusste, dass ihr Sohn recht hatte, ließ diese Aussage aber unkommentiert.

„Spatzl. Wie lange bleibst du jetzt da?"

„Morgen fährt er wieder, weil die Carina kommt", antwortete Maikits für seinen alten Freund.

„Ah, kommt's endlich zurück aus dem Kongo."

„Nigeria, Mama!"

„Is ja wurscht. Schade, dass du fahren musst. Nächste Woche hat der Priela Eröffnung von seinem neuen Weinkeller. Wobei, so neu ist der gar nicht. Das hast du ihm ermöglicht", sagte Baba zu ihrem Sohn.

„Eigentlich du, Mama. Ohne dich wären wir nie draufgekommen, dass die Urkunde gefälscht war. Also ich würde mit dem Priela reden. In Zukunft und lebenslänglich mindestens drei Prozent auf jedes Produkt."

Die beiden Herren lachten über diese Bemerkung.

„Hört auf mit die blöden Schmäh."

David Grandits betrat das Gasthaus.

„Grüß Gott, miteinander", sagte der Pfarrer. „Habt's ihr schon Berlusconi bestellt?"

„Schon die längste Zeit!", antwortete Baba.

David wirkte abgekämpft und müde.

„Ich sag's euch. Nächste Woche habe ich eine Hochzeit in Ollersdorf und das Pärchen treibt mich zur Weißglut. Ich komme gerade vom Ehegespräch mit den beiden. Ich finde, das ist eine absolute Themenverfehlung. Warum führe ich als Pfarrer mit jemandem vor der Hochzeit ein Gespräch, wie man sich in einer Ehe verhalten soll? Ich hab ja überhaupt keine Ahnung davon. Wenn ich mir ein Haus bauen möchte, frage ich auch nicht den Fleischer."

Die rüstige Hilda Resetarits betrat das Wirtshaus.

„Griaß euch. Habt's ihr schon …"

Alle sagten im Chor: „Ja. Haben wir schon."

Sie setzte sich zu der Gesellschaft.

„Ich sag euch eins: Ich war bei der Bank Austria, ich war bei der Sparkasse, bei der Erste Bank, die Bank Burgenland hab ich gleich ausgelassen, weil überall kriegst du keine Zinsen. Jetzt bin ich bei der Raika geblieben und hab mein Geld in Wertpapiere angelegt. Da krieg ich wenigsten so viel Prozente wie bei einem Zitronenradler."

Man war sich am Tisch einig darüber, dass Christian Zimmermann das Beste für seine Sparer wollte. Auch wenn es Frau Resetarits noch immer nicht verstehen wollte, die Worte ihrer Freunde gaben ihr eine gewisse Gelassenheit.

Lisa, Sifkovits' Schwester, kam herein. Bevor sie noch etwas sagen konnte, setzte erneut der „Ja, wir haben schon bestellt"-Chor ein.

Als sich Lisa zum Tisch setzte, fiel ihrem Bruder etwas ein.

„Lisa, kannst du mir einen Gefallen tun?", fragte er zögerlich.

„Kommt drauf an, welchen."

„Würdest du mit dem Jauntschi essen gehen?"

Sifkovits hatte Angst vor der Antwort seiner Schwester.

„Wie bitte? Mit dem Jauntschi?"

Lisa konnte nicht glauben, was sie da hörte.

„Er würde sich so sehr drüber freuen und ich hab ihm versprochen, dass ich mit dir drüber rede."

Die Aussage, was seine Qualitäten im Bett betraf, ließ der Inspektor weg.

„Also, Schiffi. Du warst schon vor der Kirche so seltsam, aber langsam habe ich das Gefühl, dass du etwas nimmst."

„Bitte, Lisa!", flehte der Inspektor.

Seine Schwester dachte kurz über dieses Angebot nach. Dann fiel ihr etwas ein.

„Hör zu, Bruderherz. Wenn ich mit einem Totengräber essen gehen soll, dann musst du mir auch einen Gefallen tun."

Sifkovits kam aus der Nummer nicht mehr raus.

„Jeden, den du willst", sagte er vorlaut.

„Nächstes Wochenende gehst du mit dem Hannes fischen. Überraschenderweise haben wieder alle abgesagt und für mich gibt es nichts Langweiligeres, als mit meinem Mann an einem See zu sitzen, wo wir uns gegenseitig anschweigen.

Das kann ich daheim auch haben."

Sifkovits stimmte dem Fischabenteuer zu.

„Wo ist eigentlich die Resl?", fragte Baba.

„Die kommt nicht", antwortete Frau Resetarits.

„Warum?", wollte Maikits wissen.

„Sie hat irgendetwas im Fernsehen gesehen über einen neuen Virus aus China. Jetzt hat sie Angst", klärte Frau Resetarits die Gruppe auf.

„Geh! Des wird der gleiche Blödsinn sein wie diese Schweinegrippe. Bis das zu uns kommt, sind wir schon längst alle unter der Erde", war sich Barbara Sifkovits sicher.

Schließlich wurde Berlusconi serviert. Mit großer Freude machte sich die Gruppe über die köstlichen Schnittchen her. Für kurze Zeit schien die Welt im Lot zu sein. Jeder schlechte Gedanke hatte im Gasthaus Stinatzerhof ab sofort Lokalverbot.

Nach dem Essen wollte sich der Inspektor auf den Weg ins Autohaus Wagner machen. Sein Peugeot musste auf die Intensivstation.

„Wart, Spatzl, bevor du gehst. Es ist eine Postkarte für dich gekommen."

Baba gab ihm eine Karte, welche die Golden Gate Bridge von San Francisco zeigte.

Der Inspektor drehte die Karte um und las still die Rückseite:

Lieber Herr Inspektor,

Bitte um Verzeihung, aber wir konnten nicht anders.

Das Geld von unserm gemeinsamen Bekannten betrachten wir als Entschädigung für unsere Reise. V. hätte es so gewollt.

Ich hoffe, dass wir uns nie wieder sehen.
Leben Sie wohl.
T + E.

Neugierig fragte seine Mutter, von wem denn die Karte sei. Sifkovits meinte, dass es sich um Bekannte seiner Frau handle. Kurz bevor er durch die Tür ging, rief ihm seine Mutter noch hinterher:

„Spatzl. Was ist eigentlich auf dem Zettel gestanden, den dir der Adrian oder Eugen hinterlassen hat, nachdem er dich niedergeschlagen hat?"

„Uhudler. Sve do smrti."

Draußen angekommen saugte Sifkovits noch einen tiefen Zug Stinatzer Luft in seine Lungen. Dann zerriss er die Postkarte und warf sie in einen Papierkorb.

Katrins Berlusconi-Rezept

ZUTATEN (für 4 Personen:)

4 Scheiben Schwarzbrot
1 Zwiebel
200 g Geselchtes vom Stinatzerhof
(Wenn nicht anders möglich, dann Geselchtes von einem anderen Fleischhauer.)
1 scharfe Pfefferoni
1 milde Pfefferoni
4 Scheiben Gouda
Knoblauch

Die Zwiebel klein schneiden und die Brote damit belegen. Anschließend das Geselchte schneiden und auf den Broten verteilen. Danach die klein geschnittenen Pfefferoni auf den Broten verteilen. Frischen Knoblauch je nach Geschmack dazugeben (kein Pulver!).

Am Schluss mit Käse bedecken. Auch diesen kann man reiben oder klein schneiden und die Brote damit bestreuen.

Im vorgeheizten Backrohr oder Tischherd bei 180 °C etwa 10–15 Minuten überbacken.

Zu Berlusconi passt am besten ein Glas Uhudler.

Danke an:

Brigit und Marina vom Ueberreuter Verlag für die perfekte Betreuung. Ohne euch wäre dieses Buch nie erschienen.

Danke an Herrn Halm von der KRIPO und an Herrn Dr. Reiter von der Gerichtsmedizin für die fachmännische Beratung, an Herrn Prieler vom Weingut Prieler für die wertvollen Informationen über Wein und an Anton Toth vom Heurigen in Heiligenbrunn, bei dem die Fotos entstanden sind.

Ebenfalls herzlichen Dank an Lieselotte, Emil, Katharina, Angelika, Thomas, Geli, Anna, Christian, Julia, Diethmar, Katharina, Franzi, Klaus, Simon, Clara, Blacky, E&A, Andreas, Manuel, Maria, Markus und die ganze Clique vom See, die Bevölkerung von Stinatz, an die Oma (am Buchcover) und natürlich an alle, die dieses Buch gekauft haben.

Johann und Hugo: Ich weiß, dass ihr das da oben mitbekommt.

Euer Thomas

Drei Fragen an Thomas Stipsits

Welchen Bezug hast du zum Uhudler?
Wenn man so wie ich Stinatzer Wurzeln hat, dann kommt man mit dem Uhudler relativ früh in Berührung. Zuerst hört man davon, später trinkt man davon :-).

Mein Opa hat selbst Uhudler gemacht. Wir hatten eine alte Presse vom Ur-Ur-Großvater. Als Kind war das für mich ein richtiges Abenteuer. Den Geschmack von frischem Traubensaft werde ich mein Leben lang nicht vergessen, und auch nicht den Durchfall danach.

Mein Opa war sehr stolz auf seinen Uhudler, den er nur für den Eigenbedarf gemacht hat. Wenn Sie mich jetzt fragen, wie er geschmeckt hat: Er war stark und sauer.

Warum ist die Ehefrau von Sifkovits immer abwesend?
Da ich selbst ein unfassbarer Fan der Serie *Columbo* bin, habe ich meinem Inspektor bewusst einige Züge des zerknitterten Ermittlers aus Amerika gegeben. Dazu gehört, dass man die Frau nie kennenlernt. Außerdem hat Carina Sifkovits wichtige Aufgaben in Kenia. Wer weiß, vielleicht kommt sie irgendwann einmal früher nach Hause.

Trinkst du gerne Käsepappeltee?
Nein.